Die Verwandlung

푸 른 숲
징 검 다 리
클 래 식
0 3 6

변 신

Die Verwandlung

프란츠 카프카 지음
장혜경 옮김

푸른숲주니어

'푸른숲 징검다리 클래식'을 펴내며

어린 시절, 할머니께서 조근조근 들려주시던 옛날이야기는 새로운 세상과 통하는 작은 창이었다. 상상의 날개를 달고 떠나는 창 너머 세상으로의 여행은 들어도 들어도 질리지 않는 재미와 마음속 깊은 곳을 울리는 감동을 선사해 주곤 했다. 그뿐 아니라 우리의 삶을 어떻게 꾸려 가야 하는지 곰곰이 생각해 보게 하는 지혜를 가르쳐 주었다. 말하자면 우리는 그 이야기들을 통해 '삶'을 배운 셈이다.

우리가 문학 작품을 읽어야 하는 까닭 또한 '삶을 배운다'는 점에서 크게 다르지 않다. 우리는 한 편 한 편의 문학 작품을 만나 사랑을 배우고, 우정을 배우고, 진실을 배우고, 지혜를 배운다.

그런 점에서 '푸른숲 징검다리 클래식'은 참 의미가 깊다. 오랜 세월을 거치며 각 나라의 문학사에 확고히 자리매김한 작품들을 한데 모았기 때문이다. 문학을 사랑하는 사람들이 즐겨 읽어 세계적인 명저로 일컬어지는 작품들……. 이를테면 우리 부모 세대, 아니 그 이전 세대부터 즐겨 읽었던 작품들로 많은 이들에게 삶의 의미와 가치를 일러주고, 또 '인생'이란 망망대해에서 등대 역할을 담당했던 것들이다.

세월이 흘러 사람들이 사는 모습도 달라지고 생각도 달라졌다. 그러나 시대와 장소를 뛰어넘어 변하지 않는 것이 있다. 바로 '삶'이다. 사람이 있는 곳이라면 어디든지 존재하는 삶은 항상 저마다의 무게를 떠안고 있다. 그 무게는 진실이라는 옷을 입고 문학 작품 속에 영원한 생명을 불어넣는다. 우리는 그것을 '고전'이라 부른다.

그러나 제아무리 훌륭한 고전이라 해도 독자가 읽고 소화할 수 없다면 아무런 소용이 없다. 지나치게 방대한 분량과 길고 어려운 문장은 책을 읽으려는 청소년들의 의지를 꺾을 뿐 아니라 좌절감마저 불러일으킨다.

'푸른숲 징검다리 클래식'은 바로 그러한 점을 염두에 두고 기획된 세계 명작 시리즈이다. 작품이 본디 지닌 맛과 재미를 고스란히 살리면서 우리 청소년들이 읽고 소화하기 쉽게 글을 다듬었다.

그리고 본문 뒤에는 현직 국어 교사들이 직접 쓴 해설을 붙였다. 작가나 작품에 대한 풍부한 설명은 물론, 그 작품들이 지니고 있는 현재적 의미까지 상세하게 짚어 보이고 있다. 아울러 해설 곳곳에 관련 정보를 담은 팁과 시각 자료를 배치해, 읽는 재미를 넘어 보는 재미까지 만끽할 수 있도록 했다.

아무쪼록 '푸른숲 징검다리 클래식'을 통해 우리 청소년들의 삶이 더욱더 깊고 풍성해지기를…….

2006년 4월
기획위원 강혜원·전종옥·송수진

| 차례 |

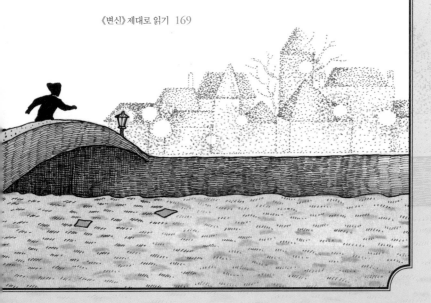

제 1 편
변 신

1

어느 날 아침, 그레고르 잠자는 뒤숭숭한 꿈을 꾸다가 깨어나 흉측스런 벌레로 변한 채 침대에 누워 있는 자신의 모습을 발견했다. 그는 갑옷처럼 딱딱한 등을 침대에 대고 누워 있었는데, 살짝 고개를 들어 살펴보니 활 모양의 각질로 덮여 있는 불룩한 갈색 배가 눈에 들어왔다. 불룩한 배 위에 걸쳐진 이불은 금방이라도 흘러내릴 듯 위태위태해 보였다. 게다가 다른 부위와 비교해서 형편없이 가늘어 보이는 수많은 다리들이 어찌할 바를 모르고 눈앞에서 허우적대었다.

'대체 이게 무슨 일이람?'

그는 생각에 잠겼다. 꿈은 아니었다. 매우 작기는 하지만 사람이 사는 멀쩡한 방이, 눈에 익은 네 벽에 둘러싸인 채 정적에 잠겨 있었다. 외판원인 그레고르의 책상에는 포장을 푼 옷감의 견본이 펼쳐져 있었고, 그 위쪽 벽에는 얼마 전 잡지에서 오린 그림을 끼워 둔 도금 액자가 걸려 있었다.

그림 속 숙녀는 털가죽 모자에 털가죽 목도리를 두른 채 꼿꼿하게 앉아, 팔꿈치까지 감싼 두툼한 털가죽 토시를 위로 치켜들고 있었다.

그레고르는 창문을 바라보았다. 함석으로 만든 차양에 빗방울이 떨어지는 소리가 들려왔다. 흐린 날씨 탓에 기분이 아주 우울했다.

'다시 잠을 청해서 이 말도 안 되는 상황을 잊어버리면 어떨까?'

그렇지만 생각대로 되지 않았다. 그는 오른쪽으로 누워서 잠이 드는 버릇이 있었는데, 지금 상태로는 도무지 오른쪽으로 돌아누울 수가 없었다. 아무리 오른쪽으로 몸을 돌리려 애를 써봐도 소용이 없었다. 금방 다시 벌러덩 나자빠져서는 침대 바닥에 등을 대고 시소를 타듯 양쪽으로 흔들거렸다. 백 번쯤 시도를 해 보았을까? 버둥거리는 다리들이 보기 싫어서 눈을 슬며시 감았는데, 갑자기 옆구리에서 처음 느끼는 종류의 통증이 밀려드는 통에 돌아누우려는 시도를 포기하고 말았다.

"나 원 참, 아무래도 너무 고된 직업을 고른 모양이야. 허구한 날 출장이라니! 시내에 있는 매장에 가만히 앉아서 근무하는 것보다 훨씬 더 힘든 데다 여행의 고단함까지 짊어져야 하니……. 기차를 놓칠까 봐 매번 노심초사하는 것은 어떻고. 끼니때마다 불규칙적이고 질 나쁜 식사를 하는 것은 물론이고, 만나는 사람이 계속 바뀌다 보니 진심을 주고받을 수 있는 관계를 맺기도 힘들어. 정말이지 빌어먹을 놈의 직업이야!"

순간 배 윗부분이 가려웠다. 그는 고개를 높이 들고 천천히 등을 밀어 침대 기둥 쪽으로 다가갔다. 그러고는 몸을 밀어 올려 가려운 곳을 가까스로 확인했는데, 가려운 부분이 흰색의 작은 반점들로 뒤덮여 있어서 어떻게 해야 할지 판단을 내릴 수가 없었다. 한 발로 흰색 반점을 건드려 보려 했지만, 발이 배에 닿자마자 온몸에 소름이 쫙 끼쳐 얼른 발을 움츠리고 말았다.

그는 원래 누워 있던 자리로 다시 미끄러져 내려갔다.

"너무 일찍 일어났더니 머리가 어떻게 되었나 보군. 그러게, 사람은 잠을 푹 자야 해. 다른 여행객들은 규방 속 여인네들처럼 잘도 지내던데. 내가 오전 근무를 마치고 주문 내역을 적으려고 여관에 돌아올 즈음에야 그들은 침대에서 일어나 아침을 먹고 있지. 우리 사장 앞에서 내가 그런 식으로 움직였다간 당장 모가지가 날아갈걸.

하긴 그 편이 더 좋을지 누가 알겠어? 부모님 때문에 간신히 참고 있는걸. 부모님만 아니면 이미 오래전에 사장한테 당당히 걸어가 사표를 내던지고 가슴에 담아 두었던 말들을 모조리 털어놓았을 거야. 그러고는 사장을 책상에서 훅 밀어 버렸겠지. 가는귀가 먹었다며 직원들을 턱 밑까지 바짝 다가오게 하고선, 책상에 걸터앉아 찬찬히 내려다보며 주절대는 괴상한 취미라니! 물론 희망이 완전히 사라진 건 아냐. 아직 오륙 년은 더 있어야겠지만, 부지런히 돈을 모아서 부모님이 사장한테 진 빚을 다 갚고 나면 인생의 전환점이 찾아오겠지. 반드시 그렇게 하고야 말 거야. 하지만 당장은 일어나야 해. 다섯 시 기차를 타야 하니까."

그는 궤짝 위에서 째깍거리는 자명종 시계를 쳐다보았다.

"이런, 큰일 났네!"

그레고르는 화들짝 놀랐다.

벌써 여섯 시 반이었다. 시곗바늘은 유유히 앞으로 달려가 삼십 분을 훌쩍 넘어 벌써 사십오 분을 향해 다가가고 있었다. 왜 자명종이 울리지 않은 걸까? 하지만 침대에서도 자명종이 네 시에 제대로 맞춰져 있는 게 또렷이 보였다. 제대로 울리긴 한 모양이었다. 자명종 소리에 가구까지 흔들렸을 텐데 어떻게 태평하게 잠을 잘 수가 있었을까? 꿈자리가 뒤숭숭했기 때문에 더 깊은 잠에 빠져 있었는지도 몰랐다.

이제 어쩌지? 다음 기차는 일곱 시에 출발했다. 그 기차라도 타려면 미친 듯이 서둘러야 했다. 그렇지만 아직 견본도 꾸리지 못한 데다 몸도 개운치 않았다. 설사 일곱 시 기차를 탄다 해도 사장의 호통을 피할 길은 없었다. 이미 매장의 심부름꾼이 기다리고 있다가 그레고르가 다섯 시 기차를 타지 않았다고 사장에게 보고했을 터였다. 심부름꾼은 줏대도 없고 생각도 없는 사장의 끄나풀일 뿐이니까.

몸이 아프다고 할까? 그래봤자 귀찮은 일만 벌어지겠지? 오히려 의심만 살 게 뻔했다. 오 년 동안 일하면서 한 번도 아파 본 적이 없었다. 분명히 사장은 의료보험공단에서 지정한 의사를 데리고 와서 부모님에게 아들이 게을러 터졌다며 소란을 피울 게 틀림없었다. 어떤 변명도 듣지 않은 채 의사를 가리키며 단칼에 잘라 버릴 것이었다.

그 의사는 이 세상에 건강하면서도 일하기 싫어하는 인간들만 득시글거린다고 생각하는 사람이었다. 하긴 그의 생각이 완전히 틀렸다고 할 수만은 없었다. 사실 그레고르도 잠을 너무 많이 잔 탓에 계속 졸리다는 사실만 빼면 아주 건강했다. 심지어 배까지 무지하게 고팠다.

침대에서 일어날 결심을 하지 못하고 이런저런 생각들을 하고 있을 때 자명종이 여섯 시 사십오 분을 알렸다. 그 순간, 침대 머리맡에 있는 문을 조심스럽게 두드리는 소리가 들렸다.

"그레고르."

어머니였다.

"여섯 시 사십오 분이야. 출근 안 하니?"

부드러운 목소리! 그런데 그레고르는 어머니에게 대답하는 자신의 목소리를 듣고 깜짝 놀랐다. 분명 예전과 같은 자신의 목소리였지만, 그 밑바닥에 억누를 수 없이 고통스럽게 찍찍거리는 소리가 뒤섞여 있었다. 그래서 첫 소리의 발음만 분명하게 들릴 뿐, 뒤로 가면서 상대가 알아듣지 못할 정도로 말이 흐려졌다.

그레고르는 자신에게 일어난 일을 조근조근 설명하고 싶었지만, 상황이 상황인지라 짧게 대답할 수밖에 없었다.

"네네, 어머니. 일어났어요."

어머니가 그 말에 안심하고 슬리퍼를 끌며 가 버린 것으로 보아, 나무 문 덕분에 밖에서는 변해 버린 목소리를 눈치채지 못한 것 같았다. 하지만 이 잠깐의 대화로 다른 식구들마저 그레고르가 아직 집에 있다는 사실을 알게 되었다.

금세 아버지가 옆문을 주먹으로 톡톡 치며 말했다.

"그레고르, 그레고르, 왜 그러냐?"

잠시 후 아버지가 목소리를 낮춰 한 번 더 재촉했다.

"그레고르! 그레고르!"

다른 쪽 문에선 여동생이 들릴 듯 말 듯한 목소리로 속삭였다.

"오빠, 몸이 안 좋아? 뭐 필요한 거 있어?"

그레고르는 양쪽을 향해 대답했다.

"출근 준비 다 했어요."

그는 최대한 발음에 주의를 기울였다. 한 단어 한 단어 또박또박 끊어 말하면서 이상한 소리를 내지 않으려고 애를 썼다. 아버지는 아침 식사를 하러 식당으로 돌아갔지만 여동생은 계속 소곤거렸다.

"오빠. 문 열어 봐, 어서."

하지만 그레고르는 문을 열 생각이 전혀 없었다. 잦은 출장 덕분에 몸에 밴 조심성이 오히려 기특하게 여겨졌다. 집에서도 밤이 되면 문이란 문은 다 걸어 잠갔으니까.

그는 그 누구에게도 방해받고 싶지 않았다. 조용히 침대에서 일어나 옷을 입고 아침 식사를 마친 뒤 다음 일을 고민하고 싶었다. 침대에 누워서는 아무리 고민을 해도 흡족한 결론이 떠오르지 않았다. 문득 예전에도 여러 번 불편한 자세로 잠을 자고 난 후 가벼운 통증을 느꼈지만, 잠자리에서 일어나면 금방 말짱해졌던 사실을 떠올렸다.

그래서 그는 오늘 아침에 자신이 빠져든 공상이 과연 어떻게 무너져 갈 것인지 무척이나 궁금했다. 목소리의 변화는 출장이 잦은 외판원들이 흔히 겪는 직업병 중의 하나였다. 감기의 첫 증상 정도에 불과하다고 해도 지나친 말이 아니었다.

이불을 걷어 내는 일은 아주 간단했다. 숨을 들이켜 배를 약

간 부풀리기만 했을 뿐인데도 이불이 저절로 떨어져 나갔다. 하
지만 그다음부터 힘들어지기 시작했다. 무엇보다 그의 몸통이
원채 넓었다. 그래도 팔과 손이 있으면 어떻게든 침대를 짚고서
일어날 텐데, 그가 가진 거라곤 쉴 새 없이 허우적대는 데다 도
무지 통제가 되지 않는 수많은 다리들뿐이었다. 다리 하나를 구
부리려고 하면 도리어 쭉 뻗어 버리기 일쑤였다. 가까스로 다리
하나를 원하는 대로 구부려 놓으면 그사이에 다른 다리들이 마
치 감옥에서 막 풀려난 듯 극도로 흥분을 해서 버둥거렸다.

"이대로 계속 침대에 붙들려 있을 순 없잖아."

그레고르는 혼자서 중얼거렸다.

그는 아랫도리를 이용해 어떻게든 침대에서 벗어나려고 애를
써 보았다. 하지만 어떻게 생겼는지조차 알 수 없는 아랫도리를
뜻대로 움직이는 일은 생각처럼 쉽지 않았다. 좀처럼 속도를 낼
수가 없었다.

이러다 돌아 버릴 것만 같았다. 결국 그는 있는 힘을 다 짜내
사정없이 앞으로 돌진했다. 그런데 방향을 잘못 잡는 바람에 그
만 침대 난간에 세게 부딪히고 말았다. 순간, 아랫도리에 불길이
이는 듯 엄청난 통증이 밀려들었다. 어쩌면 아랫도리가 몸에서
가장 민감한 부위일지도 모른다는 생각이 들었다.

그래서 이번에는 상반신을 먼저 침대 밖으로 빼내려고 머리
를 조심스레 침대 가장자리 쪽으로 돌려 보았다. 뜻밖에도 이건

아주 쉬웠다. 넓적하고 무거운 몸통이 고개를 돌리는 방향으로 서서히 돌아갔던 것이다. 하지만 막상 머리를 침대 바깥의 허공으로 빼내고 나자 겁이 덜컥 났다. 이대로 계속 앞으로 가다가 침대에서 떨어지면 머리를 다칠 수밖에 없었다. 무슨 일이 있어도 의식을 잃는 상황만은 피해야 했다. 그럴 바에는 차라리 침대에 가만히 있는 게 나을 것 같았다.

갖은 노력 끝에 한숨을 쉬며 본래의 자리로 돌아오자, 다리들이 화가 났는지 서로 싸움질을 해 대며 소란을 피웠다. 제멋대로 꿈틀대는 다리들을 진정시키기가 쉽지 않았다. 그는 혼잣말로 중얼거렸다.

"마냥 침대에 누워 있을 수는 없어. 실낱같은 가능성이라도 있다면 침대에서 벗어나기 위해 무엇이든 해 봐야 해."

절망에서 비어져 나온 무모한 결단보다는 침착하디침착한 고민이 훨씬 낫다는 사실을 중간중간 떠올렸다. 그는 눈을 최대한 가늘게 뜨고 창문 쪽을 바라보았다. 하지만 유감스럽게도 좁은 도로의 건너편까지 뒤덮은 아침 안개 때문에 그 어떤 확신이 들지도, 기분이 좋아지지도 않았다.

"벌써 일곱 시야."

다시금 울리는 자명종 소리를 들으며 그가 중얼거렸다.

"일곱 시나 됐는데도 아직 안개가 저렇게 자욱하다니."

이 완벽한 고요함이 지금의 상황을 예전의 현실로 되돌릴 수 있지 않을까 기대하는 듯, 그는 약한 숨을 내쉬며 한동안 가만히 누워 있었다.

그러다 곧 스스로에게 말했다.

"일곱 시 십오 분이 되기 전에는 무슨 일이 있어도 일어나야 해. 그때까지 이대로 누워 있으면 어찌 된 영문인지 알아보려고 매장에서 누군가 찾아올 거야. 매장은 일곱 시 전에 문을 여니까."

그는 좌우 균형을 맞추며 그네처럼 앞뒤로 몸을 흔들어 보려고 애를 썼다. 이런 식으로 하다가 침대에서 떨어진다 하더라도 머리를 번쩍 치켜들기만 하면 전혀 다치지 않을 터였다. 등은 어차피 딱딱하기 때문에 양탄자 위에 떨어져도 끄떡없었다. 가장 큰 고민은 바닥에 몸이 떨어질 때 나게 될 시끄러운 소음이었다. 문을 닫아 놓았으니 깜짝 놀랄 만큼은 아니겠지만, 가족들이 들으면 걱정할 게 뻔했다. 그래도 시도는 해 봐야 했다.

새로운 방법은 긴장되기보다 재미가 있었다. 그냥 몸을 흔들기만 하면 되었다. 그레고르가 침대 밖으로 몸을 반쯤 내밀었을 때, 문득 누군가에게 도움을 청하면 간단하게 해결되리란 생각이 들었다. 아버지와 가정부처럼 건장한 사람 둘이면 충분했다. 두 사람이 불룩한 그의 등 밑으로 팔을 밀어 넣고 침대에서 번쩍 들어 올린 다음, 그가 몸을 뒤집을 때까지 차분하게 기다리기만 하면 되었다. 그러는 사이에 그의 다리도 감각을 찾을 터였다.

문을 잠가 놓은 건 둘째 치고 그가 과연 도움을 요청할 수 있을까? 아무리 사정이 딱하다고는 하지만, 이런 몸으로 누군가에게 도움을 청할 생각을 하자 자신도 모르게 웃음이 터져 나왔다.

이제 조금만 더 세게 흔들면 균형을 유지하기 힘들 정도로 그의 몸이 침대 바깥으로 꽤 많이 나와 있었다. 어서 결단을 내려야 했다. 오 분만 있으면 일곱 시 십오 분이었다. 그 순간, 현관에서 초인종 소리가 났다.

"매장에서 누가 찾아왔구나."

그가 이렇게 중얼거리는 순간 몸이 차갑게 굳어졌다. 하지만 작은 다리들은 열심히 버둥거리며 춤을 추고 있었다. 한순간, 온 집안에 정적이 감돌았다.

"문을 열지 말았으면."

그레고르는 덧없는 희망에 사로잡혀 혼자 중얼거렸다. 하지만 언제나처럼 문을 향해 걸어가는 가정부의 힘찬 발걸음 소리가 들렸다. 이윽고 문이 열렸다. 그레고르는 인사말만 듣고도 누가 왔는지 단박에 알아차렸다. 지배인이 몸소 집까지 찾아온 모양이었다.

그레고르는 왜 조금만 일을 소홀히 해도 엄청난 의심을 받는 회사에 다녀야 하는 가혹한 운명을 타고났을까? 사장은 왜 직원들을 하나같이 농땡이라고 생각하는 걸까? 아침에 몇 시간만 게

으름을 피워도 양심의 가책 때문에 정신이 나가서 침대에서 일어날 수조차 없는 충직한 직원은 왜 한 명도 없다고 믿는 걸까?

게다가 물어볼 말이 있다면 심부름꾼이나 보내면 충분할 것을, 굳이 지배인을 여기까지 납시게 해서 죄 없는 가족들에게 이 의심스런 사건을 시시콜콜 까발려야만 하는 걸까?

그는 올바른 결단이라기보다는 분노에 차서 흥분한 나머지, 있는 힘을 다해 침대 밖으로 몸을 던졌다. 생각만큼 시끄럽지는 않았지만 예상했던 대로 쿵 하는 소리가 났다. 바닥에 양탄자가 깔려 있어서 충격이 덜 하기도 했고, 예상 외로 딱딱한 등딱지에 탄력이 있어서 이상하게 여길 만큼 둔중한 소리는 나지 않았다. 다만, 조심하지 않은 통에 바닥에 머리를 부딪히고 말았다. 그는 화가 나기도 하고 아프기도 해서 머리를 양탄자에 비벼 댔다.

"안에서 뭔가 떨어졌습니다."

왼쪽 방에서 지배인의 목소리가 들렸다. 그레고르는 지금 자신이 겪고 있는 일이 언젠가 지배인에게도 일어나지 않을까 상상해 보았다. 그럴 가능성이 없다고 단정할 수는 없었다. 그때 마침 이 질문에 대답이라도 하듯 옆방에서 삐걱대는 소리가 거칠게 들려왔다. 지배인이 발에 힘을 주어 걷는 바람에 그가 즐겨 신는 에나멜 발목 구두에서 소리가 난 모양이었다.

여동생이 오른쪽 방에서 작은 목소리로 속삭였다.

"오빠, 지배인이 찾아왔어."

"알아."

그레고르가 대답했다. 하지만 여동생이 알아들을 수 있을 정도로 목소리를 높이지는 못했다.

"그레고르."

이번에는 왼쪽 방에서 아버지가 말했다.

"지배인님이 오셨구나. 네가 왜 새벽 기차를 놓쳤는지 궁금해하신단다. 우리는 뭐라고 말씀을 드려야 할지 모르겠구나. 안 그래도 너하고 단둘이 나눌 이야기도 있다고 하시니 어서 문을 열어 보렴. 물론 방 안이 엉망이겠지만, 그 정도야 이해해 주실 분이잖니?"

"잠자 군, 일어났나?"

지배인이 다정한 목소리로 아버지 말을 자르며 끼어들었다.

"몸이 안 좋은가 봐요."

아버지가 문에 붙어 서서 아들에게 말을 걸고 있는 동안, 어머니가 지배인에게 이렇게 말했다.

"몸이 아픈 게 분명해요. 지배인님, 제 말을 믿으세요. 그게 아니라면 우리 그레고르가 어떻게 기차를 놓칠 수가 있겠어요? 머릿속에 든 생각이라고는 일밖에 없는 아이인걸요. 퇴근해서 집에 돌아오면 하도 밖에 안 나가서 어떨 때는 짜증이 날 지경이에요. 벌써 일주일째 해만 지면 집에서 꼼짝도 하지 않아요. 집에 있을 때는 식탁 앞에 앉아서 조용히 신문을 읽거나 기차 시간표를 살핀답니다. 취미라고는 실톱으로 자잘한 물건들을 만드는 게 전부예요. 저번에는 이삼 일 만에 작은 액자를 하나 만들었더라고요. 얼마나 예쁜지 보시면 깜짝 놀라실 거예요. 방에 걸어 놨으니까, 그레고르가 문을 열거든 한번 보세요. 어쨌든 지배인님, 지배인님이 찾아와 주셔서 얼마나 다행인지 모르겠어요. 얘가 어찌나 고집이 센지, 우리가 아무리 말을 해도 도통 문을 열지 않아요. 게다가 오늘 아침에는 몸이 안 좋은 것 같은데도 기어이 괜찮다고 하더라고요."

"금방 나갈게요."

그레고르는 서두르지 않고 천천히 대답했다. 그리고는 대화를 한 토막이라도 놓치지 않으려고 꼼짝하지 않은 채 귀를 기울였다.

"부인, 저로서도 달리 어찌할 방법이 없습니다."

지배인이 말했다.

"심각한 병이 아니었으면 좋겠습니다. 유감인지 다행인지 모르겠습니다만, 우리같이 장사를 하는 사람들은 몸이 좀 안 좋더라도 회사를 생각해서 금세 털고 일어나지요."

"이제 지배인님이 들어가셔도 되겠지?"

초초해진 아버지가 다시 문을 톡톡 두드리며 물었다.

"안 돼요."

그레고르가 대답했다.

왼쪽 방에선 민망한 침묵이 감돌았고, 오른쪽 방에선 여동생이 훌쩍거리기 시작했다.

여동생은 왜 다른 사람들이 있는 방으로 가지 않았을까? 아마도 이제야 침대에서 일어나는 바람에 옷을 제대로 챙겨 입지 못한 모양이었다. 그런데 왜 우는 거지? 그가 지배인을 방 안으로 들이지 않아서? 아니면 그가 일자리를 잃을 위험에 처해서? 그렇게 되면 사장이 부모님에게 빚을 갚으라고 다시 독촉할까 봐?

다 쓸데없는 걱정이었다. 그레고르는 아직 여기에 있는 데다, 가족을 저버릴 생각은 해 본 적조차 없었다. 물론 이런 상황에서 바닥에 깔린 양탄자에 하릴없이 누워 있긴 하지만.

그의 상태를 아는 사람이라면 어느 누구도 지배인을 방 안으로 들이라고 요구하지 못할 터였다. 또 이 정도의 결례는 나중에라도 적당한 변명거리를 찾을 수 있을 테니, 그레고르가 당장 회사에서 쫓겨날 일도 아니었다.

이런 때일수록 울고 떼를 쓰며 지배인을 설득하기보다는 조용히 내버려 두는 편이 훨씬 잘 하는 행동일 것 같았다. 하지만 다들 초조해하는 건 이런 사정을 모르기 때문이었다. 그들의 행동을 무조건 나쁘다고 탓할 수만도 없었다.

"잠자 군."

지배인이 목소리를 높여 외쳤다.

"왜 그러나? 자네는 지금 방 안에 바리케이드를 쌓고 들어앉아서 묻는 말에 "예.", "아니요."로만 대답을 하고 있군. 자네가 그럴수록 부모님께 괜한 걱정만 끼쳐 드린다는 걸 모르나? 듣도 보도 못한 행동으로 직업의 의무를 소홀히 하지 말게. 자네 부모님과 사장님의 이름을 걸고 말하네만, 당장 방에서 나와 알아듣게 설명을 해 주게나. 놀랍구먼, 놀라워. 이제까지 자네를 꽤나 이성적인 사람으로 알고 있었는데, 갑자기 이상한 고집을 부리고 있으니 말일세. 사장님께서 자네의 결근 이유가 뭔지 은근슬쩍 운을 떼셨더랬지. 최근에 자네에게 맡긴 수금 때문이 아니냐고 하시더군. 내가 절대로 그럴 리가 없다고 자네를 옹호해 주었다네. 그런데 여기까지 와서 자네의 고집스런 행동을 보고 있자니 말이 안 통해서 답답하기 짝이 없네. 자네 편을 들어줄 마음이 싹 달아나는구먼.

회사에서 자네 자리가 그다지 안전하지 않다는 건 알고 있지? 이런 이야기는 둘이서만 나눌 생각이었지만, 자네가 이렇게 쓸데없이 내 시간을 허비하고 있으니 어쩔 수가 없군. 부모님께 굳이 숨길 이유를 모르겠어. 다시 말하면, 최근에 자네 실적이 아주 형편없다는 말일세. 물론 장사가 아주 잘 되는 시기는 아니지. 그건 우리도 인정해. 하지만 장사가 안 되는 시기라는 건 없어. 잠자 군, 있어서도 안 될 일이야."

"하지만 지배인님!"

그레고르는 흥분한 나머지, 다른 건 몽땅 잊어버리고 소리를 버럭 질렀다.

"지금 당장 문을 열겠습니다, 지금 바로요. 몸이 안 좋아서, 현기증이 나서 일어설 수가 없었습니다. 아직 침대에 누워 있긴 하지만 이제 몸이 아주 가뿐해졌습니다. 침대에서 막 나오려던 참입니다. 잠깐만 기다려 주세요. 생각대로 잘 안 되네요. 그렇지만 괜찮습니다. 어떻게 이런 일이 사람에게 일어날 수 있는지! 어제 저녁때까지만 해도 아무 문제가 없었다는 건 우리 부모님께서도 잘 아십니다. 아니, 다시 생각해 보니, 어제 저녁부터 살짝 조짐이 있긴 했어요. 매장에다 왜 미리 말하지 않았을까요! 하지만 아프다고 꼭 집에 누워 있으란 법은 없지요. 지배인님, 부모님께는 아무 말씀도 하지 말아 주세요. 지금 제게 하시는 꾸지람은 말도 안 됩니다. 아직 누구에게도 그런 말을 들어 본 적이 없어요. 제가 지난번에 보내 드린 주문 내역을 아직 못 보셨나 봅니다. 더구나 여덟 시 기차는 지금이라도 탈 수 있어요. 몇 시간 누워 있었더니 몸이 좋아졌습니다. 지배인님, 먼저 돌아가세요. 저도 곧 매장으로 따라가겠습니다. 그러니 사장님께 잘 말씀해 주십시오."

그레고르는 다급한 마음에 자기가 무슨 말을 하는지도 모른 채 허둥지둥 너스레를 떨면서, 침대에서 피나는 연습을 통해 익힌 이동 기술로 가볍게 궤짝에 접근한 뒤 그것에 기대 일어서려고 애를 썼다. 그는 정말로 문을 열고 사람들에게 자기 모습을 보여 주며 지배인과 이야기를 나누고 싶었다. 문을 열라고 재촉하는 사람들이 막상 그의 몰골을 보면 어떤 말을 할지 무지무지 궁금했다. 그들이 소스라치게 놀라더라도 그레고르에겐 아무런 책임이 없었다. 그저 가만히만 있으면 될 것이었다. 만약 사람들이 이 상황을 침착하게 받아들인다면 그 역시 흥분할 이유가 없었다. 그때부터 서두르면 여덟 시에는 충분히 역에 도착할 수 있을 것이다.

처음에는 반질거리는 궤짝에서 몇 번이나 미끄러졌지만, 마지막 힘을 짜내 몸을 날리자 바야흐로 꼿꼿하게 설 수 있었다. 아랫도리에 살을 에는 듯한 통증이 밀려왔지만 신경 쓸 겨를이 없었다. 그는 근처에 있는 의자로 몸을 날려 등받이의 가장자리를 다리로 꽉 붙들었다. 그렇게 겨우 몸을 가누고 나서, 지배인이 무슨 말을 하는지 들어 보려고 바깥에 귀를 기울였다.

"한마디라도 알아들으셨습니까?"

지배인이 부모님에게 물었다.

"우리를 놀리는 게 아닐까요?"

"세상에나!"

어머니가 울먹이며 소리쳤다.

"얘가 많이 아픈가 봐요. 우리가 얘를 괴롭히고 있는지도 몰라요."

그러더니 어머니가 소리쳐 불렀다.

"그레테! 그레테!"

"네, 엄마."

반대편에서 여동생이 소리쳤다. 어머니와 여동생이 그레고르의 방을 사이에 두고 서로 말을 주고받는 모양새가 되어 버렸다.

"당장 의사한테 가 보렴. 그레고르가 아파. 의사를 불러오너라. 방금 그레고르가 말하는 거 들었니?"

"짐승이 내는 소리였습니다만."

어머니의 고함 소리에 비해 아주 낮은 목소리로 지배인이 말했다.

"안나! 안나!"

아버지가 부엌을 향해 손뼉을 치며 가정부를 불렀다.

"당장 열쇠장이를 데려오너라!"

두 처녀는 치맛자락을 날리며 현관으로 내달렸고―여동생이 어떻게 저렇듯 빨리 옷을 입었지?―곧이어 현관문을 활짝 열어 젖혔다. 하지만 문 닫히는 소리는 들리지 않았다. 급박한 일이 생긴 집에서는 으레 그렇듯이 문을 열어 두고 가 버린 모양이었다.

그레고르는 마음이 한결 가라앉았다. 비록 사람들은 그의 말을 못 알아들었지만, 그는 자신의 말을 또렷하게, 예전보다 훨씬 더 또렷하게 들을 수 있었다. 아마도 듣는 데 익숙해져서 그런 것 같았다. 어쨌든 이제 가족들은 그에게 심각한 문제가 생겼음을 알았고, 그를 도와줄 준비가 되었다. 첫 명령의 단호함과 민

첨함에 그는 은근 기분이 좋아졌다. 다시 사람들 사이에 끼어들었다는 느낌이 들었고, 큰 고민 없이 그 두 사람, 즉 의사와 열쇠장이가 놀랍고도 멋진 일을 해 줄 것이라 기대했다.

그는 곧 있을 중요한 대화에서 최대한 또렷하게 목소리를 내기 위해 짐짓 헛기침을 했다. 그러면서도 소리를 온전히 내뱉지는 못했다. 이제 더 이상 판단하기 어렵긴 하지만, 기침 소리마저 사람의 소리와 다를지 모른다는 걱정이 앞섰다.

그사이 옆방은 완전한 침묵 속으로 빠져들었다. 부모님과 지배인이 식탁에 앉아 얘기를 나누고 있거나, 문 주위에 모여 방 안에서 일어나는 일에 귀를 기울이고 있을 것이다.

그레고르는 의자를 잡고 밀면서 천천히 문 쪽으로 다가갔다. 그러고는 의자에서 발을 떼어 문을 향해 몸을 날린 다음, 몸을 세우고서 긴장을 풀며 잠시 동안 휴식을 취했다. 작은 발바닥마다 점액이 조금씩 배어 나왔다. 그는 입으로 열쇠 구멍에 꽂힌 열쇠를 돌려 보려고 애를 썼다. 하지만 유감스럽게도 이빨이라 부를 만한 것이 하나도 없었다. 대체 뭘로 열쇠를 잡는단 말인가? 대신 턱이 아주 튼튼했다. 그는 턱을 이용해서 열쇠를 돌렸다. 입에서 갈색 액체가 흘러나와 열쇠를 타고 바닥으로 떨어졌다. 입안 어딘가에 상처가 난 게 분명했다. 하지만 그는 아랑곳하지 않았다.

"들어 보세요. 열쇠를 돌리고 있습니다."

옆방에서 지배인이 말했다. 그 말은 그레고르에게 힘찬 격려가 되었다. 지배인뿐 아니라 모두들, 그러니까 어머니와 아버지도 그에게 큰 소리로 응원을 보내 주기를 바랐다.

"힘내라, 그레고르. 조금만 더, 열쇠 구멍에 딱 붙어!"

이렇게 외치며 모두가 긴장한 얼굴로 그의 노력을 지켜보고 있다고 상상하면서, 그레고르는 혼신의 힘을 다해 열쇠를 물고 늘어졌다. 열쇠가 돌아가자 그의 몸도 열쇠 구멍을 따라 빙글빙글 돌았다. 입으로만 간신히 몸을 지탱하면서 열쇠에 매달려 있었다. 그러다 온몸의 체중을 실어 열쇠를 내리눌렀다.

마침내 찰칵 하고 문이 열리는 소리가 났다. 그레고르는 그 맑은 소리에 정신이 번쩍 들었다. 그는 숨을 내쉬며 이렇게 중얼거렸다.

"그러니까 애초에 열쇠장이 따위는 부를 필요가 없었어."

그레고르는 문을 활짝 열기 위해 머리를 문고리 위에 올려놓았다. 그 바람에 문이 활짝 열린 뒤에도 그의 모습은 정작 밖에서 보이지 않았다. 그는 아주 천천히 한쪽 문짝을 돌아 나왔다. 거실에 들어서기도 전에 문짝에서 떨어져 벌렁 나자빠지지 않기 위해 조심하면서.

그는 힘든 동작에 골몰하느라 다른 사람들에게 신경 쓸 겨를이 없었다. 그때 지배인이 "아!" 하고 크게 외치는 소리가 귓전을 때렸다. 그것은 사나운 바람 소리마냥 날카로웠다. 그레고르는 문에 제일 가까이 서 있던 그가 벌어진 입을 손으로 가린 채 눈에 보이지 않는 힘에 떠밀리듯 천천히 뒷걸음질치는 광경을 목격했다.

지배인이 찾아왔는데도 어젯밤에 풀어 내린 머리칼을 빗지 않고 헝클어진 채로 서 있던 어머니는 두 손을 모으고 아버지를 쳐다보다가 얼떨결에 그레고르 쪽으로 두어 걸음을 옮겼다. 하지만 이내 치맛자락을 넓게 펼치며 바닥에 털썩 주저앉았다. 얼굴은 가슴에 파묻혀 보이지가 않았다.

아버지는 그레고르를 방으로 다시 몰아넣으려는 듯 적의에 찬 표정으로 주먹을 불끈 쥐었다. 하지만 이내 불안한 눈빛으로 거실을 두리번거리다가 두 손으로 눈을 가리고는 울음을 터트렸다. 그러자 건장한 가슴이 거칠게 들썩였다.

그레고르는 거실에 한 발짝도 들여놓지 않았다. 그는 문짝 안쪽에 기대어 있었기 때문에 밖에서는 그의 몸통 절반과 그 위로 살짝 기울인 머리만 보일 뿐이었다. 그는 고개를 기울인 채 사람들을 훔쳐보았다.

그사이에 날이 많이 밝았다. 길 건너편에 마주 보고 서 있는 기다랗고 거무튀튀한 병원 건물의 일부와, 그 건물 앞쪽으로 질서정연하게 늘어선 창문들이 또렷하게 보였다. 여전히 비가 내리고 있었는데, 한 방울 한 방울이 눈에 보일 정도로 빗줄기가 굵었다.

식탁에는 아침 식사를 마친 뒤 치우지 않아서 엄청난 양의 그릇이 널려 있었다. 아버지는 아침 식사를 하루 중 가장 중요한 끼니로 생각했다. 아침마다 여러 종류의 신문을 읽으며 몇 시간씩 식사를 하곤 했다. 하필이면 맞은편 벽에 그레고르가 군대에서 찍은 사진이 걸려 있었다. 소위 제복 차림에 대검을 손에 들고 있었는데, 태평스런 미소가 마치 자신과 군복에 경의를 표하길 바라는 듯이 보였다. 현관으로 통하는 문은 열려 있었다. 현관문 역시 열려 있어서 바깥으로 내려가는 계단 어귀가 보였다.

"자, 그럼."

그레고르가 입을 열었다. 그는 지금 이 집에서 자신만이 마음의 평정을 유지하고 있다는 사실을 잘 알고 있었다.

"당장 옷을 차려입고 견본을 꾸려서 출발하겠습니다. 그래도 되겠습니까? 지배인님, 보시다시피 전 고집쟁이가 아니에요. 일을 좋아하는 사람입니다. 물론 출장이 힘들기는 하지만 그 일을 하지 않으면 살 수가 없습니다. 지배인님, 어디로 가십니까? 매장으로 가시나요, 네? 매장에 가셔서 사실대로 다 말씀하실 건가요? 지금 당장은 일을 할 수 없습니다만, 바로 이 순간이야말로 제 실적을 돌이켜 보면서 잠시 후 모든 문제가 해결되고 나면 제가 얼마나 부지런히, 더 열심히 일할 수 있을지 점검해 볼 때입니다.

전 사장님께 갚아야 할 빚이 아주 많습니다. 그건 지배인님도 잘 아시잖습니까? 또 부모님과 여동생을 보살펴야 합니다. 비록 지금은 궁지에 몰려 있지만 곧 빠져나올 겁니다. 그러니 괜히 일을 더 힘들게 만들지 말아 주십시오. 그리고 매장에 가서도 제 편을 들어주세요! 물론 외판원이 인기가 좋은 건 아니지요. 저도 압니다. 외판원들이 돈을 엄청 잘 버는 줄로만 알지요. 편안하게 산다고들 생각한다니까요. 그런 편견을 바꿀 수 있는 기회가 있지도 않고요.

하지만 지배인님, 지배인님은 다른 직원들보다 훨씬 더 사정을 잘 아시지 않습니까? 정말이지 진심으로 말씀드리는 건데요. 사실 사장님보다도 더 훤히 알고 계시잖아요. 사장님은 경영자라는 위치 때문에 직원에게 불리한 쪽으로 판단을 내리기가 쉽거든요. 업무의 대부분이 매장 밖에서 이루어지는 외판원들은 매장에서 근거 없이 일어나는 험담이나 비난의 희생양이 되기 쉽지요. 그에 대해 반박할 방법조차 없다는 사실을 지배인님이 그 누구보다 잘 아실 겁니다. 대부분의 경우, 아무것도 모른 채 출장을 마치고 지친 몸을 이끌며 매장에 돌아와서야, 이유조차 알 수 없는 나쁜 결과를 온몸으로 느끼게 되니까요. 지배인님! 조금이라도 제 편을 들어주셔야지, 그렇게 한마디 말씀도 없이 가시면 어떻게 합니까!"

하지만 지배인은 그레고르가 몇 마디 하지 않았을 때부터 이미 몸을 돌리고는, 입을 삐쭉 내민 채 움칠거리는 어깨 너머로 그레고르를 돌아보았을 뿐이었다. 그리고 그레고르가 말을 하는 동안에도 그에게서 눈을 떼지 않고서 문 쪽으로 비칠비칠 움직였다. 거실을 떠나지 말라는 특명이라도 받은 사람처럼 아주 느리게…….

그는 현관에 도착하자마자 몸놀림이 확연히 달라졌다. 거실에서 마지막 발걸음을 떼던 지배인은 발바닥을 불에 대기라도 한 사람마냥 급작스럽게 움직였다. 게다가 현관에서 이르자 마치 초현실적인 구원의 손길이 기다리고 있기라도 한 듯 계단을 향해 오른손을 쭉 뻗었다.

그레고르는 지배인을 이대로 돌려보내서는 절대로 안 된다는 생각이 들었다. 이렇게 보내면 자신의 일자리가 몹시 위험해질지도 몰랐다. 하지만 부모님은 이 모든 상황을 제대로 파악하지 못하고 있었다. 몇 년이 흐르는 동안, 그레고르가 회사에서 평생을 보장받았다고 확신하게 되었던 것이다. 게다가 지금은 순간의 근심에 골몰한 나머지, 앞날을 내다볼 여유가 눈곱만치도 없었다.

하지만 그레고르는 앞일이 어떻게 될지 너무나 명확하게 알 수 있었다. 지배인을 잡아서 진정시키고 설득해서 그의 마음을 얻어야 했다. 그레고르와 가족의 미래가 달린 문제였다.

여동생이 이 자리에 있었더라면! 여동생은 똑똑했다. 그레고르가 편안한 마음으로 침대에 등을 대고 누워 있었을 때에도 벌써 여동생은 울음을 터트리지 않았던가.

'지배인은 여자라면 사족을 못 쓰니까, 여동생 말에는 분명히 넘어갈 텐데.'

여동생이 있었다면 현관문을 걸어 잠그고 설득을 해서 지배인의 놀란 가슴을 진정시켜 주었을 거라고 생각했다. 그렇지만 하필이면 지금 이 순간 그녀가 집을 비웠기에 어쩔 수 없이 그레고르가 직접 나설 수밖에 없었다.

그는 지금 자신의 몸을 얼마나 잘 움직일 수 있는지, 또 사람들이 자신의 말을 얼마나 잘 알아들을 수 있을지 미처 생각하지 못한 채, 무작정 문짝에서 떨어져 열린 문으로 몸을 밀어 넣었다. 현관 밖의 난간을 두 손으로 꽉 붙든 채 우스꽝스러운 모습으로 서 있는 지배인을 향해 다가갈 참이었다. 하지만 얼마 못 가서 잡을 곳을 찾아 버둥대다가 짧은 비명을 내지르며 앞으로 엎어지고 말았다.

그는 넘어지자마자 그날 아침 들어 처음으로 몸이 편안하다고 느꼈다. 다리들이 딱딱한 바닥에 닿자, 그의 기쁨을 알아차리기라도 한 듯 무지무지 말을 잘 들었다. 심지어 그를 원하는 곳으로 데리고 가려고 애를 쓰기까지 했다. 그는 이제 모든 문제를 해결할 수 있는 마지막 순간이 되었다고 믿었다.

그런데 바로 그때였다. 그가 움직임에 적응하느라 몸을 좌우로 비틀대면서 어머니와 그리 멀리 떨어지지 않은 곳에 엎드려 있던 그 순간, 멍하게 다른 생각에 빠져 있는 것 같던 어머니가 갑자기 벌떡 일어나더니 손가락을 모조리 편 채 양팔을 앞으로 쭉 뻗고는 이렇게 외쳤다.

"살려 줘요! 세상에나, 사람 살려!"

그러면서 어머니는 그레고르를 더 잘 보려는 듯 고개를 숙였다. 실제로는 자기 뒤편에 아침을 차려 놓은 식탁이 있다는 사실을 잊어버리고서 정신없이 뒷걸음질을 치고 있었지만. 어머니는 잠시 뒤 식탁이 있는 곳에 이르자 넋이 나간 사람처럼 황망하게 식탁 위로 올라앉았는데, 그 바람에 옆에 놓여 있던 큰 주전자가 엎어지면서 커피가 쏟아져 양탄자 위로 줄줄 흘러내렸다. 그런데도 전혀 알아차리지 못하는 것 같았다.

"어머니, 어머니."

그레고르가 소리를 낮추어 어머니를 부르면서 올려다보았다. 지배인 따위는 그의 관심 밖으로 완전히 밀려나 버렸다. 다만 흘러내리는 커피를 보자 자기도 모르게 덥석 받아먹고 싶은 충동이 생겨 턱을 여러 번 허공에다 대고 턱턱 맞부딪쳐 보았다. 그 모습을 본 어머니는 다시 비명을 지르며 식탁에서 내려와, 마주 달려온 아버지의 품으로 뛰어들었다.

지배인은 벌써 계단에 서 있었다. 그는 턱을 계단 난간에 올려놓고서 뒤돌아보았다. 그게 마지막이었다. 그레고르는 얼른 그를 따라잡으려고 버둥거렸다. 하지만 지배인은 무언가를 예감했는지, 계단 몇 개를 한번에 풀쩍 뛰어내려 달아나 버렸다. "휴!" 하는 그의 목소리만이 계단 전체에 울려 퍼졌다.

유감스럽게도 지배인의 줄행랑은 상대적으로 지금까지 정신을 차리고 있던 아버지마저 혼란에 빠트리게 했다. 아버지라면 지배인이 도망가지 못하도록 달려 나가 붙잡거나, 적어도 그를 추격하는 그레고르를 방해하지는 말아야 마땅하지 않은가? 그런데 아버지는 오히려 지배인이 소파 위에 놓고 간 지팡이를 오른손에 들고, 왼손으로는 큰 신문을 집어 들고 흔들어 대면서 그레고르를 그의 방으로 쫓아 보내려 했다. 심지어 발까지 쾅쾅 굴렀다. 그레고르가 애원을 해 보았지만 아무 소용이 없었다. 그의 애원을 알아듣지도 못하는 모양인지, 얌전하게 고개만 돌리려고 해도 발을 더 세게 굴러 대곤 했다.

한쪽에서는 어머니가 추운 날씨에도 불구하고 창문을 활짝 열어젖히고는 밖으로 고개를 쑥 내민 채 양손으로 얼굴을 감싸 쥐고 있었다. 골목과 계단 사이에서 강한 바람이 일어 창문의 커튼이 이리저리 흩날렸고, 식탁 위의 신문들이 바람에 날려 펄럭이다가 한 장씩 바닥으로 떨어졌다.

그 와중에 아버지는 그레고르를 사정없이 몰아붙이며 야만인처럼 쉿쉿 소리를 내뱉었다. 하지만 그레고르는 뒤로 걷는 연습을 아직 한 번도 해 보지 않은 터라 정말이지 속도가 너무 느렸다. 방향을 틀도록 아버지가 잠시 내버려 두기만 해도 당장 방으로 들어갈 수 있을 테지만, 그가 꼼지락거리며 방향을 돌리는 모습을 보면 아버지가 더욱 안달을 낼까 봐 걱정이 앞섰다. 특히나 아버지가 오른손에 쥐고 있는 지팡이로 언제 그의 등짝이나 머리를 후려갈길지 모를 일이었다.

하지만 다른 방법이 없었다. 뒷걸음질을 치려니까 방향을 바꾸는 일조차 쉽지가 않았다. 그는 불안에 찬 눈길로 끊임없이 아버지를 흘깃거리며 최대한 속도를 내서, 그러나 실제로는 아주 느리게 방향을 틀기 시작했다. 아버지도 그의 마음을 눈치챈 것 같았다. 이번에는 그를 방해하지 않았다. 심지어 멀찍이 서서 지팡이 끝으로 이리저리 방향 전환을 지시하기까지 했다.

참기 힘든 그놈의 쉿쉿 소리만 내지 않았다면 훨씬 좋았을 텐데. 그레고르는 그 소리 때문에 혼이 빠질 지경이었다. 거의 다돈 무렵에는 하도 정신이 없어서, 방향을 잘못 잡는 바람에 약간 더 돌아가기까지 했다.

마침내 머리가 문 앞에 닿고 보니, 몸통이 너무 넓어서 방 안으로 들어갈 수 없을 것 같았다. 당연히 지금 상황에서 아버지가 다른 쪽 문짝을 열어 그레고르에게 지나갈 수 있는 넉넉한 공간을 확보해 주리라는 기대는 할 수가 없었다. 아버지의 머릿속엔 오로지 그레고르를 최대한 빨리 제 방으로 밀어 넣어야 한다는 생각밖에 없었으니까.

그러니 아버지는 그레고르가 문을 통과하기 위해 어쩔 수 없

이 몸을 일으켜야 하는 번거로운 준비 자세 역시 참지 못할 것
이었다. 아버지는 오히려 장애물이 전혀 없다는 생각에 더 심한
소음을 내면서 그레고르를 앞으로 몰아댔다. 뒤에서 들려오는
소리는 이미 아버지 한 사람의 목소리가 아니었다.

 의욕을 상실한 그레고르는 이제 정말 될 대로 돼라는 심정으
로 문 안으로 몸을 밀어 넣었다. 그러자 몸 한쪽이 들리면서 비
스듬히 문에 걸렸고, 옆구리가 심하게 쓸리면서 상처가 나 하얀
색 문에 보기 싫은 얼룩이 남았다. 게다가 몸이 문틈에 꽉 끼어
혼자서는 옴짝달싹도 할 수 없는 지경이 되고 말았다. 한쪽 다
리들은 허공에 매달려 덜덜 떨고 있었고, 반대쪽 다리들은 바닥
에 고통스레 짓눌려 있었다.

 그 순간 아버지가 뒤에서 모든 상황을 한번에 정리할 수 있는
구원의 발길질을 세차게 날렸다. 그는 피를 철철 흘리며 방 한
가운데로 휙 날아갔다. 아버지가 지팡이로 문을 닫아 버리자, 마
침내 온 세상이 고요해졌다.

2

 그레고르는 어둑어둑해질 무렵에서야 기절과 흡사한 잠에서
깨어났다. 충분히 쉬고 푹 잔 뒤여서 아무런 방해가 없어도 얼

마 지나지 않아 스스로 깨어났을 테지만, 종종걸음 소리와 현관 문이 살며시 닫히는 소리에 눈을 번쩍 떴다.

창백한 가로등 불빛이 천장과 가구의 윗부분을 비추고 있었지만 그가 누워 있는 아래쪽은 아직 어두웠다. 그는 이제야 가치를 알게 된 더듬이를 서투르게 움직이면서 무슨 일이 벌어지고 있는지 살피기 위해 천천히 문 쪽으로 다가갔다. 왼쪽 옆구리에 긴 흉터가 하나 생겼는데, 움직일 때마다 불쾌하게 당겼다. 양쪽 두 줄의 다리는 심하게 절고 있었다. 오전에 그 사건을 겪으면서 심하게 다친 다리 하나는 맥없이 질질 끌려다녔다. 사실 다리 하나만 다친 것도 거의 기적에 가까웠다.

문 앞에 도착해서야 그를 그곳으로 유인한 것이 무엇이었는지 알아차렸다. 그것은 음식 냄새였다. 그곳에는 달콤한 우유에 잘게 썬 흰 빵이 동동 떠 있는 접시가 놓여 있었다. 그는 하도 좋아서 하마터면 웃음을 터트릴 뻔했다. 아침보다 더 심한 허기를 느끼고 있었기 때문이었다. 그는 거의 눈이 우유에 닿을 정도까지 머리를 접시에 푹 담갔다.

하지만 이내 실망하여 고개를 쳐들었다. 헐떡거리며 온몸을 써야 할 정도로 움직이기 불편한 왼쪽 옆구리 때문에 먹기가 힘들기도 했지만, 그게 다가 아니었다. 예전에는 그가 무척 좋아했고, 분명 그 때문에 여동생이 방 안으로 들여놓았을 우유가 전혀 맛있지 않았던 것이다. 맛있기는커녕 역한 느낌이 들어서 얼른 고개를 돌린 채 방 한가운데로 다시 기어갔다.

문틈으로 살펴보니 거실에는 가스등이 켜져 있었다. 예전 같으면 아버지가 어머니에게, 때론 여동생에게 목소리를 높여 석간신문을 읽어 주곤 하던 시각인데 지금은 아무 소리도 들리지 않았다. 여동생이 직접 이야기해 주거나 편지로 알려 주던 아버지의 석간신문 낭독이 요즘은 뜸해진 모양이었다. 집에 분명 사람이 있는데도 집 안은 한없이 고요했다.

"우리 가족이 이렇게 조용하게 살고 있었구나."

그레고르는 혼잣말을 했다. 그는 꼼짝도 하지 않고 어둠을 응시하면서 자신이 부모님과 여동생에서 멋진 집과 훌륭한 생활을 선사할 수 있었다는 사실에 엄청난 자부심을 느꼈다. 그런데 이제 이 모든 고요함이, 이 모든 물질적 풍요와 만족이 순식간에 끝나 버린다면 어떻게 할 것인가? 그레고르는 그런 생각에서 빠져나오려고 몸을 움직여 방 안 여기저기를 기어 다녔다.

긴긴 밤 동안 한 번은 한쪽 옆문이, 또 한 번은 다른 쪽 옆문이 살짝 열렸다가 황급히 닫혔다. 누군가 들어오고 싶어 하다가 다시금 생각이 복잡해진 모양이었다. 그레고르는 망설이는 방문객을 어떻게든 안으로 들이거나, 적어도 그가 누구인지 알아내려고 거실 쪽 문에 딱 붙어 있었다.

하지만 문은 끝내 열리지 않았고, 그레고르의 기다림도 허사로 끝이 났다. 문이 잠겨 있던 오전에는 모두들 방으로 들어오려고 야단이더니, 문이란 문은 모두 열려 있는 지금은 정작 아무도 들어오려고 하지 않았다. 심지어 밖에서 열쇠까지 꽂아 놓은 모양이었다.

밤이 깊어서야 거실에 불이 꺼졌다. 세 사람이 까치발을 하고 거실에서 멀어지는 소리가 또렷하게 들리는 것으로 보아, 부모님과 여동생이 그때까지 깨어 있었던 모양이었다. 이제 아침이 될 때까지는 아무도 그레고르가 있는 방으로 들어오지 않을 것이었다. 이제 아무한테도 방해받지 않고 새 인생을 어떻게 꾸려가야 할지 고민할 시간은 넉넉했다.

바닥에 납작 엎드려 있노라니, 천장이 한량없이 높아 보였다. 그 바람에 방 안이 더 휑하게 느껴져서 마음이 오히려 불안해졌다. 벌써 오 년째 그가 쓰고 있는 방인데 왜 이런 기분이 드는지 딱히 이유를 알 수가 없었다. 그러다 약간의 수치심을 느끼며 허둥지둥 소파 밑으로 기어들었다. 소파 밑에 들어가자 등이 약간 눌려서 고개를 들 수는 없었지만, 어찌나 아늑한 기분이 들던지 몸통이 넓어서 소파 밑으로 온전히 들어가지 못하는 것이 아쉬울 뿐이었다.

그는 밤새 그곳에 있었다. 배가 고파 몇 차례 깨기는 했지만 절반은 비몽사몽간으로, 나머지 절반은 앞날에 대한 걱정과 알 수 없는 희망에 잠겨 보냈다. 걱정과 희망은 모조리 같은 결론으로 이어졌다. 일단은 얌전히 행동해야 했다. 그래서 지금 자신의 형편 때문에 생길 수밖에 없는 불편을 가족들이 최대한의 인내심과 배려로 견딜 만하게 만들어야 했다.

날이 채 밝기 전부터 그가 내린 결단을 시험해 볼 기회가 생겼다. 외출복으로 갈아입은 여동생이 현관에서 방문을 열고 잔뜩 긴장한 표정으로 방 안을 들여다보았던 것이다. 한 번에 그를 발견하지는 못했지만, 곧 소파 밑에 있는 그를 알아차리고는 스스로 자제하지 못할 정도로 깜짝 놀라서는―세상에, 그럼 어디로 가란 말인가? 날아서 도망칠 수도 없는데!―문을 쾅 닫아 버렸다. 하지만 자신의 행동이 후회가 되었는지 금방 다시 문을 열고는 모르는 사람한테 다가가듯 까치발을 하고서 조심조심 걸어 들어왔다.

그레고르는 머리를 소파 끝까지 밀어내서 여동생을 관찰했다. 여동생은 그가 우유를 먹지 않았다는 사실을 알아차릴까? 배가 고픈데도 우유에 입을 대지 않았다는 걸 발견하면, 그에게 더 잘 맞는 음식을 갖다 주게 될까?

그레고르는 소파 밑에서 달려 나와 여동생의 발치에 몸을 던지고 뭔가 먹을 수 있는 걸 갖다 달라며 애원하고 싶은 마음이 물밀듯 밀려왔다. 하지만 여동생이 알아서 접시를 살펴보고 다른 음식을 갖다 주지 않는다면, 그녀의 관심을 억지로 끄느니 차라리 굶어 죽는 편을 택하고 싶었다.

마침 여동생은 접시 주변에 약간만 흘렸을 뿐 우유가 처음 그대로 담겨 있는 것을 발견하고는, 몹시 놀라워하며 접시를 집어 들고 밖으로 나갔다. 물론 맨손이 아니라 헝겊 조각으로 감싸서 집어 들긴 했지만 말이다.

그레고르는 여동생이 우유 대신 무엇을 가져올지 너무나도 궁금해서 온갖 추측을 다 해 보았다. 하지만 아무리 오랫동안 생각했더라도 여동생이 가져온 음식을 실제로 알아맞히지는 못했을 것이다. 여동생이 그의 입맛을 살펴보기 위해 다양한 종류의 음식을 낡은 신문지 위에 활짝 펼쳐 놓았기 때문이다.

오래되어서 반쯤 썩은 야채, 어젯밤에 먹다 남긴 화이트 소스가 묻은 뼈다귀, 건포도와 아몬드 몇 알, 그레고르가 이틀 전에 맛이 없다고 불평했던 치즈 한 조각, 마른 빵 하나, 버터 바른 빵 하나, 버터를 바르고 소금을 뿌린 빵 하나. 그리고 그레고르의 것으로 확실히 정한 듯이 보이는 접시에 물을 담아서 음식 옆에 놓아 주었다.

그리고 그레고르가 자기 앞에서는 먹지 않을 것이라는 사실을 알아챘는지 오빠를 배려하는 마음에 황급히 방에서 나갔다. 심지어 열쇠를 돌려 문을 잠그기까지 했다. 물론 그런 행동이 안심하고 편히 먹으라는 여동생의 마음 씀씀이라는 걸 알아차릴 수 있는 건 그레고르뿐이었다.

음식을 먹으러 가는 그레고르는 급한 나머지 다리에서 획획 소리가 날 정도였다. 상처는 다 아문 듯했다. 단지 하룻밤이 지난 것뿐인데, 걷는 데 전혀 지장이 없다는 사실이 놀라웠다. 한 달쯤 전에 손가락을 칼에 아주 살짝 베였는데, 그저께까지만 해도 그 부위가 아팠다는 사실이 떠올랐다.

'이젠 감각이 무뎌졌나?'

그는 그렇게 생각하며, 다른 음식들에 비해 즉시, 그리고 확실하게 끌리는 치즈를 삼킬 듯 빨아먹었다. 그리고 만족의 눈물을 흘리며 치즈와 야채와 소스를 연달아 순식간에 먹어치웠다. 그런데 신선한 음식은 맛이 없었다. 냄새조차 견딜 수 없어서 먹고 싶은 음식들을 살짝 옆으로 끌고 가기까지 했다.

음식을 다 먹어치우고 한참을 그 자리에 게으르게 누워 있으려니, 여동생이 물러가라는 신호로 천천히 열쇠를 돌렸다. 거의 단잠에 빠져든 상태였지만, 그는 화들짝 놀라 허둥지둥 소파 밑으로 기어들었다. 하지만 여동생이 방에 머무른 그 짧은 시간 동안에도 소파 밑에 있기가 몹시 힘들었다. 실컷 먹었더니 몸이 불룩해져서 좁은 소파 밑에서 숨을 쉬기가 힘들었던 것이다.

그는 질식할지도 모른다는 생각에 약간의 두려움을 느끼며 살짝 튀어나온 눈으로 여동생을 지켜보았다. 아무것도 모르는 여동생은 남은 음식 찌꺼기는 물론, 그레고르가 손도 대지 않은 음식까지 더 이상 쓸 데가 없다는 듯 빗자루로 쓸어서 허겁지겁 양동이에 쏟아 넣고는 나무 뚜껑으로 덮어서 들고 나갔다. 여동생이 몸을 돌리자마자 그레고르는 소파 밑에서 바로 기어 나와 사지를 쭉 펴고 마음껏 숨을 쉬었다.

이제 그레고르는 매일 이런 식으로 음식을 얻어먹었다. 부모님과 가정부가 잠에 빠져 있는 이른 아침에 한 번, 그리고 모두함께 점심을 먹은 후 부모님이 낮잠을 주무실 때 여동생이 이런저런 핑계로 가정부를 심부름 보내고 나서 또 한 번.

물론 부모님도 그레고르가 굶어 죽기를 바라는 건 아니었다. 하지만 그가 밥을 먹고 있다는 사실을 간접적으로 들어서 아는것 이상은 견딜 수 없는지도 몰랐다. 어쩌면 여동생은 행여나부모님이 느낄지 모를 작은 슬픔마저 덜어 주고 싶었는지도 모른다. 실제로 부모님의 고통은 이미 충분했기 때문이다.

사건이 발생한 첫날 오전, 어떤 변명거리로 의사와 열쇠장이를 집에서 내쫓았는지 그레고르는 전혀 아는 바가 없었다. 그가하는 말을 아무도 알아듣지 못했기 때문에 그 누구도, 심지어는여동생마저도 그가 사람의 말을 알아들을 수 있을 거라고 생각하지 못했다.

그래서 그는 여동생이 자기 방에 들어와 있을 때 이따금씩 그녀의 입에서 새어 나오는 한숨 소리와 성자들의 이름에 귀를 기울이는 것으로 만족했다. 그레고르는 시간이 흘러 그녀가 이 모든 상황에 어느 정도 익숙해지고 나서야—물론 완전히 적응했다고는 절대로 말할 수 없었지만—가끔씩 여동생이 다정한 뜻으로 던졌거나 그렇다고 해석할 수 있는 말을 들을 수 있었다.

"오늘은 맛있게 먹었네."

그레고르가 음식을 깨끗하게 비우면 여동생은 그렇게 말했다. 반대의 경우엔 거의 슬프다고 느껴질 만한 목소리로 이렇게 말하곤 했다.

"이번에는 입도 안 댔네."

그리고 날이 갈수록 후자의 경우가 잦아졌다.

새로운 소식을 직접 전해 듣지는 못했지만 옆방에서 많은 이야기 소리가 들려왔다. 목소리가 들리기만 하면 그는 소리가 들리는 문으로 득달같이 달려가 온몸을 문에 딱 붙였다.

특히 처음에는 은밀하기는 했어도 어떻게든 그와 관련되지 않은 대화가 없었다. 가족들은 이틀 동안 식사 때마다 이제 어떻게 행동해야 할지를 두고 상의했고, 식사 중간중간에도 같은 주제로 이야기를 나누었다. 아무도 혼자서는 집에 있고 싶어 하지 않았고, 그렇다고 집을 완전히 비울 수도 없었기에 늘 최소한 두 명의 가족이 집에 함께 있어야만 했다.

사건에 대해 무엇을, 얼마만큼 아는지 확실하지도 않은 가정부조차 첫날 무릎을 꿇고 어머니에게 자신을 해고시켜 달라고 애걸했다. 그러고는 십오 분 후 집을 떠나면서, 해고를 한 행동이 가족이 그녀에게 보여 준 최고의 친절인 양 눈물을 흘리며 감사의 인사를 반복했다. 게다가 군이 누가 요구한 것도 아니건만, 입도 뻥끗하지 않겠노라며 엄숙하게 맹세까지 했다.

이제 여동생이 어머니의 도움을 받아 부엌살림까지 맡게 되었지만, 다들 거의 식음을 전폐하고 있던 터라 그리 힘든 일은 아니었다. 한 사람이 다른 사람에게 음식을 권하면 "고맙지만 됐어."와 같은 대답밖에 돌아오지 않는 대화가 거듭 그레고르의 귀에 들려왔다. 물이나 술도 마시지 않는 것 같았다.

여동생은 자주 아버지에게 맥주를 드시겠냐고 물어보았고, 직접 가서 맥주를 사 오겠다며 진심 어린 제안을 하곤 했다. 아버지가 아무 대답도 하지 않으면 여동생은 자신이 직접 가지 않고 관리실 아주머니에게 부탁할 수도 있다고 했지만, 결국 아버지가 큰 소리로 "아니다."라고 말하고 나서부터 더 이상 그에 대해 말을 꺼내지 않았다.

아버지는 첫날 이미 집안 전체의 재산 상황과 앞으로의 전망을 어머니와 여동생에게 털어놓았다. 아버지가 가끔씩 식탁에서 일어나 오 년 전 사업이 부도났을 때 지켜낸 작은 금고에서 알 수 없는 영수증이나 장부를 가져올 때면, 복잡한 자물쇠를 열어 원하는 물건을 꺼낸 후 다시 잠그는 소리가 들렸다.

아버지의 설명은 어떤 면에서는 그레고르가 방에 갇힌 후 듣게 된 최초의 기쁜 소식이었다. 그레고르는 아버지의 사업이 부도나면서 한 푼도 건지지 못했다고 생각했다. 적어도 아버지는 그와 반대되는 이야기를 한 적이 없었고, 그레고르 역시 굳이 아버지에게 그 일을 물어보지 않았다.

당시 그레고르는 모두를 완벽한 절망 속으로 밀어 넣은 아버지의 부도를 가족이 최대한 빨리 잊어버릴 수 있도록 최선을 다해야 한다는 생각뿐이었다. 그래서 그는 아주 열정적으로 일을 하기 시작했고, 거의 눈 깜짝할 사이에 꼬마 점원에서 외판원이 되었다. 외판원은 돈 버는 방법이 남달라서, 업무 결과를 금방 현금으로 바꾸어 집안의 식탁에, 놀라워하면서 동시에 행복해하는 가족들 앞에 올려놓을 수 있었다.

돌이켜 보면 아름다운 시절이었다. 그 후로는 두 번 다시, 적어도 그렇게 찬란한 모습으로는 돌아가지 못했다. 물론 그 뒤로도 그레고르가 온 가족의 생활비를 감당했고, 또 실제로 감당할 수 있을 만큼 많은 돈을 벌었다. 그는 흔쾌히 돈을 건넸고 가족들은 감사의 마음으로 돈을 받았지만, 언제부터인가 가족들은 그레고르가 벌어 오는 돈에 익숙해져서 더 이상 특별한 따뜻함은 없어져 버렸다.

그래도 여동생만은 아직 그레고르와 가까웠다. 그레고르는 자신과 달리 음악을 사랑하고 바이올린을 감동적으로 켤 줄 아는 여동생을, 다음 해에는 꼭 음악 학교에 보내야겠다는 혼자만의 계획을 세우고 있었다. 돈이 많이 들긴 하겠지만 돈이야 어떻게든 마련할 수 있을 터였다.

그레고르가 출장을 가지 않고 시내의 집에서 출퇴근을 하는 날이면 가끔씩 여동생과 음악 학교에 대해 이야기하곤 했다. 하지만 실현을 바랄 수 없는 멋진 꿈에 지나지 않았다. 부모님은 이렇게 별 뜻 없이 음악 학교를 들먹이는 것조차 좋아하지 않았다. 하지만 그레고르는 이 일에 대한 생각이 확고했고, 크리스마스에 자신의 뜻을 엄숙하게 발표할 계획이었다.

그렇게 문에 달라붙어 귀를 기울이고 있으면 지금 상황에선 아무짝에도 쓸모없는 생각들이 그의 머리를 스치고 지나갔다. 너무 피곤해서 듣고 있기가 힘들 때면 긴장이 풀려 머리를 문에 찧기도 했다. 그때마다 그는 얼른 자세를 바로잡았다. 그가 내는 소리는 아무리 작은 소음일지라도 옆방에 죄다 들렸고, 일단 소리가 나면 다들 입을 다물어 버렸기 때문이다.

"그레고르가 또다시 왔다 갔다 하는 모양이구나."

한참 뒤 아버지가 그레고르 들으라는 듯 문 쪽을 향해 그렇게 말하면 그제야 중단된 대화가 서서히 시작되곤 했다.

그사이에 온갖 불행한 일이 다 닥쳤지만, 그레고르는 아주 적으나마 집안에 재산이 남아 있고, 손대지 않은 사이에 이자가 약간이나마 불어났다는 사실을 알고서 마음이 흐뭇했다. 어머니가 아버지 말을 한번에 알아듣지 못해, 그동안 돈 문제를 잊고 살았던 아버지가 반복해서 자주 이야기했기 때문에 알게 된 사실이었다.

더구나 그레고르가 자신이 쓸 몇 푼만 남기고 매달 집으로 갖다 주었던 돈도 식구들이 다 쓰지 않고 남겨 둔 덕분에 적으나

마 자본이 되어 있었다. 그레고르는 문 뒤에서 열심히 고개를 주억거리며 예상치 못했던 가족들의 신중함과 근검절약에 기뻐했다. 그 여윳돈으로 사장에게 진 아버지의 빚을 계속 갚아 나갔더라면 그가 외판원 노릇을 그만둘 날도 훨씬 빨랐을 테지만, 지금에 와서 돌아보니 절약하며 살았던 아버지의 방식이 두말할 것 없이 훨씬 더 나아 보였다.

하지만 그 돈도 가족이 이자만 받아서 생활을 하기에는 턱없이 부족했다. 가족이 일 년, 기껏해야 이 년 정도 지낼 수 있는 돈일 뿐 그 이상은 아니었다. 그러므로 그 돈은 원래가 손을 대면 안 되는 돈, 비상금으로 저축해 두어야 하는 돈이었고, 생활비는 벌어야만 했다.

아버지는 건강하지만 벌써 오 년이나 일을 쉬었기 때문에 어쨌거나 많은 일을 하리라 기대할 수 없는 노인이었다. 지난 오년, 힘들었지만 결실은 없었던 아버지 인생의 첫 휴가 기간 동안 아버지는 살이 많이 쪄서 정말로 느릿느릿해져 버렸다.

그렇다면 늙은 어머니가 돈을 벌어야 하는 걸까? 천식 때문에 집 안에서 왔다 갔다 하는 것도 힘겨워 하는 데다, 이틀에 한 번 꼴로 호흡 곤란을 일으켜 창문을 활짝 열어 놓은 채 소파에 누워 있어야만 하는 어머니가?

아니면 여동생이 돈을 벌어야 되는 걸까? 아직 열일곱 살밖에 안 된 어린아이인 데다, 지금까지 예쁘게 차려입고, 늘어지게 자고, 집안일 조금 돕고, 소박한 무도회에 몇 번 참가한 게 전부인, 무엇보다 바이올린이나 켜며 살던 그 아이가?

대화의 주제가 돈벌이의 필요성에 이르면 그레고르는 늘 문에서 몸을 떼서 차가운 가죽 소파에 몸을 던졌다. 수치심과 슬픔으로 온몸이 불덩이처럼 뜨거워졌기 때문이다.

종종 그는 긴 밤을 꼬박 소파에 누워 한숨도 못 자고 몇 시간씩 가죽을 긁어 댔다. 아니면 낑낑대며 안락의자를 창가로 밀고 가서 창문 밑의 벽을 기어 올라간 다음, 의자에 발을 딛고서 창에 몸을 기대었다. 하지만 예전에 창밖을 내다보며 느꼈던 해방감을 추억하기 위해서였을 뿐, 실제로는 날이 갈수록 약간만 멀어져도 사물이 흐릿해 보였다. 예전엔 너무 자주 눈에 띄어서 투덜거리던 맞은편 병원도 도무지 보이지 않았다. 자신이 조용하지만 시내 한복판에 위치한 샤를로테 가에 산다는 사실을 정확하게 알고 있지 않았더라면, 창문으로 내려다보이는 풍경을 보고 회색빛 하늘과 회색빛 땅이 서로 뒤엉켜 있는 황무지라고 믿었을 것이다.

눈썰미 좋은 여동생은 안락의자가 창가에 놓여 있는 걸 딱 두 번 보고는, 그다음부터 항상 방 청소를 하고 나서 안락의자를 다시 창가로 밀어 놓았다. 심지어 안쪽 창문까지 열어 두었다.

그레고르가 말을 할 수 있었다면, 그리고 여동생이 자신을 위해 하는 이 모든 일에 감사의 인사를 전할 수만 있었다면, 그는 여동생의 수고를 훨씬 쉽게 참아냈을 것이다. 그는 여동생이 자신의 처지 때문에 고생하고 있다는 사실에 몹시 마음이 아팠다. 물론 여동생은 이 모든 상황에서 오는 난감함을 최대한 빨리 지워 버리려고 노력했고, 실제로 그녀의 노력이 헛되지 않음을 알수 있었다. 하지만 그레고르는 시간이 지날수록 모든 상황을 훨씬 더 정확하게 꿰뚫어 보게 되었다.

그는 여동생이 방에 들어오는 것부터가 끔찍했다. 여동생은 방에 들어서자마자 문을 걸어 잠글 시간도 없이 곧바로 창으로 달려가서는, 금방 질식이라도 할 것처럼 성급한 손길로 문을 활짝 열어젖히고 한동안 창가에 서서 심호흡을 했다. 추운 날씨에도 아랑곳하지 않았다. 평소에 그레고르의 방을 누구에게도 보여 주지 않으려고 그렇게 주의를 기울이던 여동생이 말이다.

그렇게 달려가는 여동생의 발걸음과 소음은 매일 두 번씩 그레고르를 소스라치게 놀라게 했다. 그는 여동생이 방에 들어와 있는 동안 소파 밑에서 몸을 벌벌 떨었다. 물론 여동생도 그레고르처럼 창문을 꼭꼭 닫고 지낼 수밖에 없다면, 분명 지금처럼 그렇게 행동하지는 않을 거라는 사실도 잘 알고 있었다.

그레고르가 변신한 지도 벌써 한 달이 훌쩍 지난 무렵이었다. 이제는 여동생이 그레고르의 모습을 보고 놀랄 만한 특별한 이유가 없었다. 그런데 여동생이 평소보다 약간 일찍 방에 들어오는 바람에 아직 창가에 서서 창밖을 내다보고 있던 그레고르와 딱 마주쳤다. 그레고르가 꼼짝도 않고 서 있었기 때문에 많이 놀라기는 했으리라. 또 그레고르가 창가에 서 있었던 탓에 당장 달려와 창문을 열 수도 없었다. 이런 이유가 있었으므로 여동생이 방에 들어오지 않으려 한 건 그레고르에게도 놀랄 만한 일은 아니었다.

하지만 여동생은 안으로 들어오지 않은 건 물론이고, 즉시 뒷걸음질을 치며 나가더니 황급히 문을 닫아 버렸다. 모르는 사람이 보았더라면 그레고르가 여동생을 노리고 기다렸다가 물어뜯으려고 한 줄 알았을 것이다. 그레고르는 당장 소파 아래로 숨었지만 여동생이 다시 온 건 정오가 지나서였고, 그마저 예전보다 훨씬 더 불안해 보였다.

그는 그날의 사건으로 미루어 여동생이 여전히 자신의 모습을 견디기 힘들어 하며, 앞으로도 계속 그러리라는 걸 알 수 있었다. 또한 일부분이긴 하지만 소파 밑으로 튀어나온 그의 몸뚱이를 보고 기겁하여 도망치지 않으려면 여동생이 엄청난 자제력을 발휘해야 한다는 사실도 깨달았다.

그래서 그는 어느 날 침대 덮개를 등에 지고 소파까지 와서는, 네 시간에 걸쳐 덮개를 소파에 덧씌워 그의 모습이 완전히 가려질 수 있도록 만들어 놓았다. 이제는 여동생이 허리를 굽혀도 그를 볼 수 없을 터였다. 물론 덮개가 필요 없다고 생각되면 여동생이 알아서 치워 버릴 것이다.

하지만 그렇게 숨 쉴 틈 없이 완전히 차단하는 게 그레고르에게도 좋을 리 없다는 건 누가 봐도 알 수 있으련만, 그녀는 덮개를 그대로 두었다. 심지어 한번은 그가 조심스럽게 고개를 들고는 덮개를 살짝 들추어 여동생이 이 새로운 차단막을 어떻게 생각하는지 살펴보았는데, 이때 여동생에게서 감사의 눈빛을 읽었다는 생각마저 들었다.

처음 두 주 동안 부모님은 그의 방에 들어갈 엄두도 내지 못했다. 지금까지는 아무짝에도 쓸모없는 아이라고 생각하여 여동생에게 자주 화를 내던 부모님도 여동생이 지금 하고 있는 일에 대해서는 완벽하다고 인정하며 자주 칭찬을 했다.

부모님은 또, 여동생이 그레고르의 방을 청소하는 동안 기다리고 있다가 여동생이 나오면 방 안 꼴이 어떤지, 그레고르가 뭘 먹었는지, 이번에는 어떤 태도를 보였는지, 혹시 조금이라도 나아진 기색은 안 보였는지, 온갖 것을 세세하게 캐묻곤 했다.

어머니는 그레고르를 보러 방으로 들어가겠다고 고집을 부렸다. 하지만 아버지와 여동생이 어머니를 말리며 조리 있게 설득했다. 그레고르가 신중하게 들어 보니 모두 동의할 만한 이유들이었다. 하지만 시간이 좀 더 지나자 어머니를 말리기 위해 완력을 써야 했다.

"날 그레고르한테 가게 놔둬요. 내 불쌍한 아들! 내가 왜 그레고르를 보려 하는지 이해가 안 된다는 거예요?"

어머니는 이렇게 외쳐 댔고, 그럴 때마다 그레고르는 어쩌면 어머니를 들어오게 하는 편이 더 좋을지도 모르겠다는 생각을 했다. 매일은 아니더라도 일주일에 한 번 정도라면 괜찮을 것 같았다. 또 용기는 있지만 아직 어린아이에 불과하고, 결국 따지고 보면 어린아이다운 경솔함 때문에 난감한 일을 맡게 된 여동생에 비하면 어머니가 모든 것을 훨씬 더 잘 이해할 터였다.

어머니를 보고 싶어 하는 그레고르의 소망은 곧 이루어졌다. 그레고르는 부모님을 배려해서 해가 있는 동안에는 창문으로 모습을 드러내지 않았지만, 몇 제곱미터밖에 되지 않는 좁은 바닥에서는 충분히 기어 다닐 수가 없었다. 그렇다고 가만히 누워만 있는 건 밤 시간만으로도 넌더리가 났다.

또 음식을 먹는 것도 얼마 지나지 않아 전혀 기쁘지 않았기에, 기분 전환 삼아 벽과 천장을 이리저리 기어 다니는 습관이 생겼다. 특히나 천장에 매달려 있는 자세를 좋아하게 되었는데, 바닥에 누워 있을 때와는 전혀 달랐다. 숨 쉬기가 훨씬 편했고, 가벼운 진동이 온몸을 스쳐 지나가는 듯 했다.

그렇게 천장에서 행복한 방심 상태로 있다가 바닥으로 떨어지는 바람에 자신도 놀라는 일이 종종 발생했지만, 이젠 예전과 달리 몸을 뜻대로 가눌 수가 있었기 때문에 심하다 싶을 정도로 떨어져도 전혀 상처를 입지 않았다.

여동생은 그레고르가 찾아낸 새로운 취미를 즉각 알아차렸다. 그가 벽을 기어 다니면서 여기저기 점액질의 흔적을 남겼기 때문이다. 여동생은 그레고르가 기어 다닐 공간을 최대한 만들어 주기 위해 방해가 되는 가구들, 특히 궤짝과 책상을 치워 버려야겠다고 마음먹었다.

하지만 혼자서 할 수 있는 일은 아니었다. 그렇다고 아버지에게 감히 도움을 청할 수는 없었고, 가정부는 절대로 그녀를 도와주지 않을 것이었다. 열여섯 살 소녀인 새로 온 가정부는 예전 가정부가 해고된 후 용감하게 버티고는 있지만, 항상 부엌문을 잠그고 있다가 자신을 부르는 소리가 들릴 때만 문을 열도록 은혜를 베풀어 달라고 애원하곤 했다.

그래서 아버지가 집을 비운 사이에 어머니에게 도움을 청하는 것밖에 달리 방법이 없었다. 여동생의 부탁을 받은 어머니는 흥분이 섞인 기쁨의 탄성을 지르며 방으로 달려왔지만, 막상 그레고르의 방문 앞에선 입을 다물었다. 여동생은 일단 방 안에 별 이상이 없는지부터 먼저 살펴보았고, 그런 다음에야 어머니를 들어오게 했다.

그레고르는 허겁지겁 덮개를 더 아래로, 더 주름이 많아지도록 잡아당겼고, 덕분에 덮개는 정말이지 우연히 소파 위에 던져놓은 것처럼 보였다. 그레고르는 훔쳐보려는 걸 포기하고 덮개 밑으로 숨었다. 비록 어머니의 얼굴은 보지 못하지만 어머니가 방에 들어왔다는 사실만으로 기뻤다.

"들어오세요. 오빠는 안 보여요."

여동생이 어머니에게 말하면서, 분명 손을 잡아끌었을 것이다. 그레고르는 힘없는 두 여자가 낡았지만 무거운 궤짝을 떠미는 소리를 들었다. 여동생은 과로할까 봐 걱정하는 어머니의 잔소리를 못 들은 척하면서 작업의 대부분을 자신이 떠맡았다.

십오 분쯤 일을 했을까? 문득 어머니가 궤짝을 그냥 여기에 두면 어떻겠냐고 말을 꺼냈다. 궤짝이 너무 무거워서 아버지가 오기 전에 다 옮기지 못하면 방 한가운데에 덩그러니 두게 될 것이고, 그러면 그레고르가 오며 가며 거치적거리지 않겠냐는 것이었다. 그리고 더 중요한 이유는 그레고르가 가구 치우는 걸 좋아할지 확신이 없다는 점이었다. 자신이 보기에는 정반대일 수 있겠다고, 텅 빈 벽을 보니 마음이 무겁다며 그레고르 역시 오랫동안 방 안에 있던 가구에 익숙해서 빈 방에 있으면 버림받은 느낌이 들지도 모른다고 하면서 말이다.

"그렇지 않겠니?"

어머니는 거의 속삭이듯이 매우 소리를 낮춰 말했다. 어디 있는지 모를 그레고르에게, 어차피 말이야 못 알아듣겠지만 목소리의 울림마저도 들리지 않기를 바라는 듯이.

"가구를 치워 버리면 우리가 회복의 희망을 완전히 접고 그레고르를 인정사정없이 방치하겠다는 것처럼 보이지 않겠니? 방을 예전 그대로 두는 게 나을 것 같구나. 그래야 그레고르가 다시 우리에게 돌아오면 모든 게 변치 않았다는 걸 알게 될 것이고, 그동안 있었던 일들을 좀 더 쉽게 잊을 수 있을 테니."

그레고르는 어머니의 말을 듣다 보니 가족들과 직접적인 대화 없이 단조로운 생활을 하면서 지낸 두 달 동안, 그의 이성이 뒤죽박죽되었다는 사실을 깨달았다. 그렇지 않고서야 그가 진심으로 자기 방이 깨끗하게 비워지기를 바란 이유를 설명할 수가 없었다. 정말 조상 대대로 물려받은 가구가 아늑하게 배치된 따뜻한 방을 지옥으로 바꾸길 원한 걸까? 그렇게 되면 거치적거리지 않고 손쉽게 사방으로 기어 다닐 수는 있겠지만, 그와 동시에 인간이었던 그의 과거는 빠르게, 완전히 잊힐 것이다.

하긴 이미 지금도 거의 잊었다고 할 수 있었다. 다만 한참 동안 듣지 못했던 어머니의 목소리 때문에 마음이 흔들렸을 뿐.

'아무것도 치우면 안 돼. 다 그대로 두어야 해.'

그는 가구가 자신에게 주는 유익한 점을 포기할 수 없었다. 무의미하게 기어 다니기만 하는 데 가구가 방해가 된다면, 그건 단점이 아니라 큰 장점이었다.

하지만 유감스럽게도 여동생은 어머니와 생각이 달랐다. 물론 전혀 부당한 건 아니지만, 그동안 여동생은 그레고르와 관련된 일을 의논할 때만은 부모님에게 특별히 전문가인 양 구는 습관이 배어 있었다. 그래서 어머니의 충고를 들은 지금도, 혼자서 생각했던 궤짝과 책상뿐만이 아니라, 꼭 필요한 소파만 빼고 가구 전체를 다 치우자고 주장할 기회로 삼아 버렸다.

물론 그녀가 이렇게 결정한 이유는 어린아이의 반항심과, 최근에 와서 뜻밖에 힘들여 얻은 자신감 때문이었다. 또 그녀는 실제로 기어 다닐 넓은 공간이 필요한 그레고르에게, 아무리 생각해도 가구는 전혀 도움이 되지 않는다는 사실을 관찰을 통해 확인한 참이었다.

게다가 그 나이 또래의 소녀들에게서 볼 수 있는 몽상적인 감성 역시 큰 몫을 하고 있었다. 이런 감성은 기회가 있을 때 밖으로 드러나는 법인데, 지금도 그레고르를 더욱 끔찍한 처지로 만들어 지금보다 그를 위해 더 많은 일을 하고자 했다. 그레고르 혼자 있는 텅 빈 방에는 더더욱 아무도 발을 들여놓으려고 하지 않을 테니 말이다.

그래서 여동생은 방에 들어온 뒤 불안해서 어쩔 줄 몰라 하는 어머니의 충고를 듣고도 결심을 굽히지 않았고, 어머니는 이내 입을 다물고 힘 닿는 대로 여동생을 도와 궤짝을 밀어냈다.

그레고르는 상황에 따라 궤짝은 없어도 되지만 책상은 그럴 수 없다는 생각이 들었다. 그래서 두 여자가 신음 소리를 내며 궤짝에 딱 달라붙어 궤짝을 들고 방을 나서자마자, 소파 밑에서 고개를 내밀고 어떻게 하면 조심스럽게, 그리고 최대한 신중하게 이 상황에 끼어들 수 있을지 살폈다.

하지만 불행하게도 먼저 돌아온 쪽은 어머니였다. 여동생은 옆방에서 꼼짝도 하지 않는 궤짝을 혼자서 부여안고 이리저리 흔들어 대고 있었다. 어머니는 그레고르의 모습에 익숙하지 않아서 그를 보면 놀라 쓰러질 수도 있었다. 당황한 그레고르가 허겁지겁 뒷걸음질을 쳐서 소파 반대편 끝으로 물러났지만, 덮개 앞쪽이 살짝 흔들리는 걸 막을 수는 없었다. 하지만 그것만으로도 어머니의 시선을 끌기에는 충분했다. 어머니는 걸음을 멈추고 가만히 서 있더니 여동생에게로 돌아가 버렸다.

그레고르는 별일 아니라고, 그저 가구 몇 개를 옮길 뿐이라고 거듭 자신에게 타일렀지만, 두 여자가 왔다 갔다 하는 소리, 목소리를 낮춰 서로를 부르는 소리, 가구가 바닥에 긁히는 소리 등 사방에서 벌어지는 큰 소동에 아무렇지 않을 수가 없었다. 그레고르는 머리와 다리를 몸에 딱 붙이고 몸통을 바닥에 납작하게 누른 채 이 상황을 오래 참지 못할 것이라고 중얼거렸다.

그들은 그의 방을 비웠고, 그가 아끼는 모든 것을 가져갔다. 실톱과 공구가 들어 있는 궤짝은 벌써 내갔고, 지금은 바닥에 단단히 박혀 있는 책상을 흔들어 대고 있었다. 상업고등학교 시절은 물론이고, 중학교, 심지어 초등학교 때부터 그가 숙제를 했던 그 책상을 말이다.

이제 정말 시간이 없었다. 지쳐서 묵묵히 일만 하고 있던, 그래서 무거운 발자국 소리밖에 들리지 않았기에 존재 자체를 거의 잊고 있던 두 여자의 선의를 시험해 볼 여유가 없었다.

마침 그녀들이 옆방에서 책상에 기대 한숨 돌리고 있던 찰나, 밖으로 뛰쳐나온 그레고르는 달리는 방향을 네 번이나 바꾸면서 무엇부터 구해야 할지 판단을 내리지 못하고 허둥댔다. 그 순간 빈 벽에 걸린 숙녀의 그림이 눈에 들어왔다. 그는 허둥지둥 그림이 있는 곳으로 기어올라 유리에 몸을 딱 붙였다. 유리가 그에게 꽉 달라붙었는데, 무엇보다 뜨거운 배에 와 닿는 차가운 느낌이 좋았다. 이제 그레고르가 몸으로 완전히 가리고 있는 이 그림만은 아무도 가져가지 못할 것이었다. 그는 고개를 거실 문 쪽으로 돌려 돌아오는 여자들을 쳐다보았다.

그들은 많이 쉬지도 못하고 다시 돌아왔다. 그레테가 팔로 어머니를 감싸 안아서 거의 들다시피 걸음을 옮기고 있었다.

"이젠 뭘 옮길까요?"

그레테가 어머니에게 말하면서 주변을 둘러보았다. 그녀의 시선이 벽을 향한 순간, 그레고르와 눈이 마주쳤다. 아마도 여동생이 평정을 유지할 수 있었던 건 어머니가 곁에 있었기 때문일 것이다. 그레테는 어머니가 돌아보지 못하도록 어머니 쪽으로 고개를 푹 숙이고는 몸을 떨면서 입에서 나오는 대로 아무렇게나 지껄였다.

"가요, 엄마. 잠깐 거실에 갔다 오는 게 낫지 않겠어요?"

그레고르가 보기에 그레테의 의도는 확실했다. 어머니를 안전한 곳으로 옮긴 뒤 그를 벽에서 내쫓아 버리겠다는 속셈이었다. 어디 한번 해 보라지! 그림 위에 앉아서 절대로 내놓지 않을 테니까. 그럴 거면 차라리 여동생의 얼굴로 뛰어들고 말 테다.

하지만 그레테의 말에 불안감을 느낀 어머니는 옆으로 비켜 서다가 꽃무늬 벽지에 들러붙은 거대한 갈색 얼룩을 발견하고 는, 자신이 본 것이 그레고르라는 사실을 미처 알아차리기도 전 에 쉰 목소리로 고함을 질렀다.

"아, 세상에. 이럴 수가!"

그리고는 모든 것을 포기한 것처럼 양팔을 활짝 벌리고 소파 위로 쓰러져 움직이지 않았다.

"그레고르, 너 정말!"

여동생이 주먹을 치켜들고 째려보며 소리를 질렀다. 그것이 변신 이후 여동생이 직접 그에게 던진 첫마디였다. 그녀는 기절 한 어머니를 깨어나게 할 구급약을 가지러 옆방으로 달려갔다. 그림을 구할 시간은 아직 넉넉했으므로 그레고르는 여동생을 돕고 싶었다. 하지만 유리에 몸이 딱 달라붙어 있는 통에 억지 로 힘을 써서 겨우 몸을 떼어 냈다. 그리고 예전처럼 조언을 할 수 있다는 듯 여동생을 쫓아 옆방으로 따라갔지만, 하릴없이 그 녀 뒤에 서 있을 수밖에 없었다.

여동생이 각종 작은 병들을 뒤적이다가 뒤를 돌아보고는 기 겁을 하며 병 하나를 바닥에 떨어뜨렸는데, 병이 깨지면서 파편 이 그레고르의 얼굴에 상처를 입혔다. 무엇인지는 몰라도 독한 약품이 얼굴을 타고 흘러내렸다. 그레테는 머뭇거리지 않고 손에 들 수 있는 만큼 최대한 많은 병을 집어 들고 어머니가 쓰러진 방으로 달려가 발로 문을 닫아 버렸다.

그레고르는 자기 탓에 죽을지도 모르는 어머니에게 다가갈 수 없는 처지가 되어 버렸다. 문을 열 수도 없었다. 어머니 옆에서 간호를 해야 할 여동생을 쫓아 버려서는 안 될 일이었다. 이제 그에겐 기다리는 것 말고는 아무 할 일도 없었다. 그는 자책감과 걱정에 마음이 무거워 정처 없이 기어 다니기 시작했다. 벽이며 가구며 천장이며 사방을 기어 다녔다. 마침내 거실이 그의 주위로 빙빙 돌기 시작했을 때, 그만 절망에 빠진 나머지 거실 한가운데에 있는 커다란 탁자 위로 떨어지고 말았다.

잠시 시간이 흘렀다. 그레고르는 녹초가 되어 누워 있었고 사방이 고요했다. 아마도 좋은 징조인 듯했다.

순간 초인종 소리가 났다. 가정부는 당연히 부엌에서 문을 걸어 잠그고 있었기에 그레테가 문을 열어 주었다.

아버지가 들어왔다.

"무슨 일 있냐?"

아버지의 첫 마디였다. 그레테의 몰골을 보고 이미 사태를 다 파악한 듯했다. 그레테가 먹먹한 목소리로 대답을 한 것으로 보아 얼굴을 아버지의 품에 묻은 것이 틀림없었다.

"어머니가 기절하셨어요. 하지만 많이 괜찮아지셨어요. 그레고르가 갑자기 방에서 나왔거든요."

"내 그럴 줄 알았다."

아버지가 말했다.

"그렇게 귀에 못이 박이도록 얘기를 했건만, 여자들이란 참. 도통 들으려고 해야 말이지."

아버지는 그레테의 짧은 대답을 오해한 나머지, 그레고르가 난동이라도 부렸다고 생각하는 게 분명했다. 따라서 지금은 아버지의 마음을 달래는 것이 우선이었다. 사건을 설명할 시간도, 방법도 없었기 때문이다. 그는 자기 방으로 달려가 문에 몸을 딱 붙였다. 굳이 몰아 대지 않아도 문만 열어 주면 당장 방으로 꺼지겠다는 자신의 뜻을 아버지가 현관에 들어서자마자 알아차릴 수 있도록 하기 위해서였다.

하지만 아버지는 그의 그런 섬세한 의도를 알아차릴 수 있는 기분이 아니었다.

"아!"

아버지는 집 안에 들어서자마자 탄성을 질렀다. 그레고르는 문에서 머리를 떼어 아버지 쪽으로 치켜들었다. 그런데 지금 앞에 서 있는 아버지는 그가 한 번도 상상해 본 적이 없는 모습을 하고 있었다!

사실 그동안 벽을 타고 기어 다니는 재미에 푹 빠져서 예전처럼 집안일에 관심을 가지지 못했다. 변화된 상황과 맞닥뜨릴 각오가 되어 있어야 했는데 말이다.

그럼에도, 그럼에도 불구하고 그레고르는 저 사람이 아버지 란 걸 믿을 수 없었다. 예전에 그레고르가 출장을 떠날 때면 피곤에 절어 침대에 파묻혀 있던 그 남자, 그레고르가 저녁이 되어 퇴근을 할 때면 잠옷 차림으로 팔걸이의자에 앉아 제대로 일어서지도 못한 채 기쁨의 표시로 겨우 팔만 치켜들어 맞아 주던 그 남자, 일 년에 몇 번 일요일이나 공휴일에 함께 산책이라도 나가면 그렇잖아도 걸음이 느린 어머니와 그레고르 사이에서 낡은 외투에 몸을 파묻고 조심조심 지팡이를 짚으며 그들보다도 조금 더 느리게 걸음을 떼어 놓던 그 남자, 할 말이 있으면 언제나 걸음을 멈추고 가족들을 자기 곁으로 부르던 바로 그 남자란 말인가?

그런데 지금 아버지는 똑바르다 못해 꼿꼿해 보이는 자세로 서 있었다. 은행 경비가 입는 금단추 달린 푸른 제복을 입고 있었는데, 윗옷의 빳빳하고 높은 옷깃 위로 튼튼한 턱이 두 겹으로 늘어져 있었고, 숱이 많은 눈썹 아래에는 약삭빠른 검은 눈동자가 생기를 띤 채 쏘아보고 있었다. 평소에 산발이던 흰 머리칼은 보기 민망할 정도로 정확하게 가르마를 타서 빗어 내렸다.

아버지는 은행의 머리글자가 금박으로 새겨진 모자를 벗어서 휙 던졌다. 모자는 거실을 가로질러 한 바퀴 돌고 나서 소파 위에 떨어졌다. 아버지는 긴 제복의 윗도리 자락을 양쪽으로 젖힌 후, 양손을 바지 주머니에 찔러 넣은 채 얼굴을 찌푸리며 그레고르 쪽으로 걸어왔다. 자기가 지금 무슨 짓을 하려는지 스스로도 잘 몰랐으리라.

아버지는 이상하리만치 발을 높이 쳐들었다. 그레고르는 아버지의 신발 바닥이 엄청나게 크다는 사실에 깜짝 놀랐다. 하지만 그레고르가 새로운 인생을 살게 된 첫날부터, 아버지는 그에게 최대한 엄격하게 대하는 것이 바람직하다고 생각한다는 걸 충분히 알고 있었기에 크게 흥분하지는 않았다.

그는 아버지를 피해 달아났다. 아버지가 서면 따라 서고, 아버지가 움직이면 다시 허둥지둥 앞으로 내달렸다. 그렇게 한 사람은 도망치고 한 사람은 쫓아가며 거실을 몇 바퀴 돌았지만, 한참 동안 결정적인 사건은 일어나지 않았다. 솔직히 그레고르의 도망치는 속도가 너무 느려서 추격전이라고 부를 수도 없는 상황이었다. 그래도 그레고르는 일부러 바닥에서 벗어나지 않았다. 벽이나 천장으로 도망치면 아버지가 아주 몹쓸 짓이라고 생각할까봐 더럭 겁이 났던 것이다.

하지만 이렇게 느리게 달리면서도 오래 버티기는 힘들었다. 아버지가 한 걸음 내딛는 동안, 그레고르는 수많은 동작을 반복해야 했다. 예전부터 폐가 튼실하지는 않았던 편이라, 그레고르는 벌써 눈에 띄게 호흡이 가빠졌다.

그렇게 그는 눈도 제대로 뜨지 못한 채 죽을힘을 다해 달릴 기운을 모으느라 비틀거렸다. 정신이 흐리멍덩해져서 달리는 것 말고는 다른 방법이 전혀 떠오르지 않았다. 비록 뾰쪽한 모서리와 예리한 각을 많이 넣어서 정성껏 짠 가구들 덕분에 가려져 있지만, 사방의 벽이 훤하게 비어 있다는 사실조차 미처 떠올리지 못했다.

바로 그 순간, 슬쩍 던진 무언가가 날아와 옆에 떨어지더니 그의 앞으로 데굴데굴 굴러왔다. 사과였다. 연이어 두 번째 사과가 날아왔다. 그레고르는 혼비백산한 나머지 그만 걸음을 멈추었다. 더 달려 봤자 소용이 없었다. 아버지가 그를 폭격하기로 작정한 모양이었다.

아버지는 식탁의 과일 접시에서 사과를 잔뜩 집어 호주머니를 채운 후 겨냥도 하지 않고 마구 집어 던졌다. 작고 붉은 사과들이 감전이라도 된 듯 바닥을 굴러다니며 서로 부딪쳤다. 사과 하나가 그레고르의 등을 슬쩍 스쳤지만 별 탈 없이 미끄러져 내렸다.

그런데 뒤따라 날아온 사과 하나가 그레고르의 등에 제대로 들어가서 박혔다. 그레고르는 믿기 어려울 정도로 고통스러운 통증이 밀려오자 어쩔 줄 몰라 하며 좀 더 빨리 달아나기 위해 버둥거렸다. 하지만 못에 박힌 듯 꼼짝할 수가 없었다. 결국은 모든 감각이 마비되어 쭉 뻗어 버리고 말았다.

그가 마지막으로 본 장면은 자기 방의 방문이 활짝 열리면서,

기절했을 때 숨통을 틔우려고 여동생이 옷을 벗겨 둔 탓에 속옷 차림인 어머니가 비명을 지르는 여동생 앞을 지나 허둥지둥 달려 나오는 모습이었다.

어머니는 아버지한테로 곧장 달려갔다. 도중에 단추가 풀린 치마가 바닥으로 흘러내리는 바람에 발이 걸려서 비틀대다가 아버지의 품으로 뛰어들어 꼭 껴안고는―그레고르는 이미 앞이 보이지 않았다.―아버지의 뒷머리를 감싸 안은 채 그레고르를 살려 달라고 양손으로 싹싹 빌었다.

3

그레고르의 부상은 워낙 심각해서 한 달이 지나도 낫지 않았다. 그 바람에 아버지는 그레고르를 적처럼 대하지 않기로 마음을 먹은 듯 보였다. 그레고르가 비록 지금은 구역질나고 슬프디슬픈 벌레의 모습이지만, 어쨌든 가족의 구성원이므로 혐오감을 삼키고 참는 것이 가족의 의무라는 사실을 떠올린 것 같았다. 등에 박힌 사과는 아무도 떼어 낼 엄두를 내지 못했기에 기념비처럼 살 속에 그대로 박혀 있었다.

그레고르는 부상이 깊어서 이대로 영원히 움직일 수 없을지도 몰랐다. 자기 방을 가로지르는 데도 늙은 부상병처럼 한참,

정말로 한참의 시간이 걸렸다. 높은 곳으로 기어오르는 건 꿈도 꿀 수 없었다.

다행히 상태가 나빠진 대신, 그는 완벽할 정도로 충분한 보상을 받았다. 해가 지면 그가 예의 주시하고 있던 거실 쪽 문이 어김없이 열렸다. 덕분에 그는 어두운 방 안쪽에 누워서 불 켜진 식탁에 앉은 가족들의 모습을 편안히 볼 수 있게 되었다. 예전과 달리, 그들의 대화 내용을 모두의 묵인 아래 어느 정도까지 엿들을 수도 있었다.

하지만 그레고르가 출장 중에 지친 몸을 이끌고 눅눅한 침대에 몸을 던지던 작은 여관에서, 항상 약간의 그리움을 품은 채 떠올리던 과거의 활기찬 대화는 더 이상 없었다. 이제는 모두의 말소리가 아주 조용조용했다.

아버지는 저녁 식사를 마치자마자 안락의자에 앉아 잠이 들었고, 어머니와 여동생은 서로에게 조용히 하라고 주의를 주었다. 어머니는 등불 밑으로 허리를 푹 숙이고는 옷가게에서 주문한 고급 속옷을 기워 만들었고, 점원 자리를 얻은 여동생은 혹시라도 나중에 더 좋은 자리를 얻을 수 있지 않을까 해서 밤마다 속기와 프랑스 어를 공부했다. 가끔씩 아버지가 잠에서 깨어 자신이 깜빡 잠이 들었다는 사실을 잊고서 어머니에게 이렇게 말하곤 했다.

"오늘도 늦게까지 바느질이야?"

그러고는 금방 다시 잠이 들면, 어머니와 여동생은 피곤한 표정으로 서로를 쳐다보며 미소를 머금었다.

아버지는 무슨 고집인지 집에 와서도 제복을 벗지 않았다. 잠옷이 제구실을 못 하고 옷걸이에 걸려 있을 동안, 아버지는 집에서도 항상 근무 태세를 갖추고 상사의 목소리를 기다리는 사람처럼 옷을 차려입은 채 안락의자에 앉아서 졸았다.

그 때문에 처음부터 새것이 아니었던 제복은 어머니와 여동생이 아무리 신경을 써도 깨끗해지지 않았다. 그레고르는 얼룩투성이 제복에서 방금 닦은 듯 유난히 반짝이는 금빛 단추를 저녁 내내 바라볼 때가 많았다. 그 옷을 입은 아버지는 자세가 무척 불편해 보이는데도 불구하고 아주 곤하게 잠을 자곤 했다.

열 시가 되자, 어머니는 소근소근 속삭이는 말로 아버지를 깨워서 침대로 가자고 설득했다. 의자에 앉아서는 제대로 잠을 잘 수가 없었다. 여섯 시면 일어나 일터에 가야 하는 아버지는 푹 자 둬야 할 필요가 있었다. 하지만 경비가 된 후 고집불통이 된 아버지는 눈만 뜨면 식탁에 있겠다고 우겨 댔기 때문에 침대로 데려가기가 몹시 힘이 들었다.

어머니와 여동생은 이런저런 말로 아버지를 달랬지만, 아버지는 천천히 고개를 가로저으며 십오 분 동안 눈을 꼭 감은 채 일어나지 않았다. 어머니가 소매를 잡아당기면서 귀에다 아첨의 말을 속삭이고, 여동생마저 하던 일을 멈추고 어머니를 도왔지만 아버지는 요지부동이었다. 몸이 점점 더 의자 깊숙이 가라 앉을 뿐이었다. 마침내 두 여자가 양쪽에서 겨드랑이를 끼고 일 으켰을 때에야 아버지는 겨우 눈을 뜨고 어머니와 여동생을 번 갈아 쳐다보면서 이렇게 말하곤 했다.

"이게 인생이야. 내 노년의 휴식이지."

그리고 두 여자에게 기대서 몸을 일으키고는 자신이 가장 큰 짐이라는 듯 귀찮아 하는 몸짓으로 여자들에게 이끌려 방문 앞 까지 갔다. 문 앞에 이르면 두 여자에게 가라는 손짓을 하고는 혼자서 걸어갔다. 하지만 어머니는 바느질거리를, 여동생은 펜 을 집어 던지고 허둥지둥 아버지를 따라가 부축을 했다.

뼈 빠지게 일하느라 지칠 대로 지친 이 가족 중 누가 필요 이 상으로 그레고르를 돌봐 줄 시간이 있겠는가? 집안일은 꼭 필 요한 것만 남기고 다 줄였다. 가정부는 해고되었고, 흰 머리카락 을 나부끼는 뼈대 굵고 키 큰 파출부가 아침저녁으로 와서 제일 힘든 일만 처리해 주었다. 나머지 일은 어머니가 바느질을 하는 틈틈이 돌보았다.

심지어는 예전에 어머니와 여동생이 행복에 겨워 모임이나 축제일에 하고 다녔던, 가족 대대로 물려오던 각종 장신구들을 내다 파는 일까지 벌어졌다. 밤에 가족들이 모여 앉아 얼마를 받으면 되겠는지 의논하는 소리를 들었다.

그중에서도 가장 큰 고민은 가족의 처지에 비해 집이 너무 크다는 사실이었는데, 그레고르를 옮길 방법이 마땅치 않아서 집을 떠나지 못하고 있었다. 하지만 그레고르는 정작 이사를 하지 못하는 이유가 자신에 대한 배려 때문만이 아님을 잘 알고 있었다. 자신은 적당한 상자를 구해 공기구멍 몇 개만 뚫은 다음 안에 넣으면 가볍게 나를 수가 있었다.

가족이 이사를 꺼리는 가장 큰 이유는 친척과 지인을 통틀어 아무도 겪지 않은 불행이 그들에게 일어났다는 생각과 절망 때문이었다. 가족들은 세상이 가난한 사람들에게 요구하는 바를 최대한 들어주었다. 아버지는 나이 어린 은행원에게 아침 식사를 날라 주었고, 어머니는 낯선 사람들의 속옷을 위해 자신의 시간과 정성을 바치고 있었으며, 여동생은 판매대 뒤에서 고객의 명령에 따라 이리저리 뛰어다니고 있었다. 하지만 가족의 힘은 거기까지였다.

어머니와 여동생은 아버지를 침실로 모셔다 드린 후 돌아와 일감은 그대로 놓아둔 채 뺨이 맞닿을 정도로 바짝 붙어 앉았다.

"그레테, 가서 문 닫아라."

어머니가 그레고르의 방을 가리키며 말했다.

두 여자가 부둥켜안고 눈물을 흘리거나, 아니면 흘릴 눈물마저 말라붙어 멍하니 식탁을 내려다보고 있을 동안, 다시 어둠 속에 혼자 남게 된 그레고르는 등의 상처가 도진 것처럼 다시금 아픔이 밀려왔다.

그레고르는 며칠 밤낮을 꼬박 뜬눈으로 지새웠다. 그는 어쩌다 문이 열릴 때면 예전처럼 가족의 문제를 다시 한 번 자신의 손으로 해결할 수 있을 거라고 생각했다.

한참의 시간이 흐른 지금, 다시 여러 사람들이 떠올랐다. 사장과 지배인, 점원들과 수습사원들, 머리가 엄청 안 돌아가는 매장의 심부름꾼, 다른 매장의 친구들 두서넛, 시골 마을에 있는 여관의 하녀, 스쳐 지나간 사랑스러운 추억, 모자 가게의 여자 경리. 그는 그녀에게 진심이긴 했지만 너무 속 터지게 구혼을 했다. 그들 모두가 이제는 낯선 사람들이거나 이미 잊힌 사람들이었기에, 그와 가족을 도와주기는커녕 다가가기조차 힘든 모습이었다. 그는 사람들의 모습이 머릿속에서 사라지자 차라리 기뻤다.

그러고 나자 다시 가족을 걱정하고 싶지 않았다. 오히려 가족들이 자신을 잘 돌봐 주지 않는 것에 몹시 화가 났다. 사실 딱히 먹고 싶은 음식이 떠오르지는 않지만, 어떻게 하면 부엌에 가서 음식을 찾아낼 수 있을까 하는 데에 골몰했다.

이제 여동생은 그레고르가 어떤 음식을 좋아하는지 따위에는 관심이 없었다. 아침과 점심, 두 번에 걸쳐 가게로 달려가기 전에 아무 음식이나 되는 대로 그레고르의 방 안으로 밀어 넣었다. 그것도 허겁지겁 발로……. 해가 지면 그레고르가 음식을 먹었거나 말았거나 상관하지 않은 채 비질을 하여 남은 음식을 쓸어냈다. 그럴수록 그레고르가 음식에 입을 대지 않는 일은 점점 더 빈번해졌다.

밤에 하는 방 청소는 그보다 더 빠를 수가 없을 정도였다. 언제부터인지 네 벽을 따라 더러운 얼룩 띠가 생겨났고, 여기저기에 먼지 뭉치와 오물이 굴러다녔다. 처음에는 질책을 하기 위해 여동생이 들어올 때마다 특별히 더러운 모서리에 일부러 서 있어 보았다. 그가 몇 주에 걸쳐 그곳에 서 있어도 여동생은 전혀 달라지지 않았다. 여동생은 더러워진 방을 눈으로 보면서도 그냥 내버려 두기로 결심한 모양이었다.

가족 모두 신경이 곤두서 있기는 했지만, 특히나 여동생은 예전에 한 번도 보지 못했던 예민한 눈길로 그레고르 방을 다른 누군가가 청소하지 않는지 감시했다.

한번은 어머니가 대청소를 했다. 물을 몇 양동이나 쓰고서야 겨우 청소를 마쳤다. 그레고르는 축축한 게 싫어서 청소하는 내내 꼼짝도 하지 않은 채 소파에 사지를 쭉 펴고 누워 있었다. 그 바람에 어머니는 오히려 곤욕만 치렀다.

저녁때 그레고르의 방이 달라졌다는 걸 눈치챈 여동생은 너무나 마음이 상한 나머지 다짜고짜 거실로 달려 들어갔다. 어머니가 양손을 들고 양해를 구했지만 끝내 울음을 터트리고 말았다. 부모님은 처음에 어찌할 줄 모르고 어리둥절한 표정으로 바라보기만 했다. 그런데 얼마 뒤 큰 소동이 일었다.

오른쪽에서는 아버지가 의자에서 벌떡 일어나 그레고르의 방을 여동생에게 맡겨 두지 않았다고 어머니를 나무랐고, 왼쪽에서는 여동생이 그레고르의 방 청소까지 못 하게 하냐고 고함을 질렀다. 어머니가 잔뜩 흥분한 아버지를 침실로 끌고 가는 동안, 어깨를 흔들며 흐느끼던 여동생은 작은 주먹으로 식탁을 탕탕 내리쳤다. 그레고르는 문을 닫아서 이런 광경과 소음을 막아 주지 않는 데 화가 나 큰 소리로 씩씩거렸다.

여동생이 아무리 직장 일에 지쳐 그레고르를 돌봐 주는 일에 넌더리를 낸다고 하더라도, 그 일이 결코 어머니 차지가 되지는 않을 터였다. 물론 그레고르가 홀대당할 일도 없었다. 이제 집에는 파출부가 있었기 때문이다. 튼튼한 골격 덕분에 그 어떤 험한 일이라도 무사히 넘겼으리라 생각되는 이 늙은 과부는 그레고르를 조금도 혐오스러워하지 않았다.

어느 날 호기심 때문이 아니라 정말로 우연히 그녀가 그레고르의 방문을 열었다. 제풀에 놀란 그레고르는 누가 쫓아오기라도 하듯 방 안을 이리저리 내달리기 시작했다. 그녀는 그런 그레고르를 잠시 동안 놀란 표정으로 쳐다보며 양손을 맞잡은 채 가만히 서 있었다.

그날 이후, 그녀는 날마다 아침저녁으로 문을 살짝 열고 방 안을 들여다보았다. 그리고 자기 딴에는 다정하게 말을 걸었다.

"이리 오렴, 늙은 말똥구리야."

"저 늙은 말똥구리 좀 보게!"

파출부는 이런 말들로 그레고르를 자기 곁으로 불렀지만, 그는 일체 대응하지 않았다. 뿐만 아니라 아예 문이 열리지 않은 것처럼 자리에서 꼼짝도 하지 않았다. 그녀에게 제 기분 내키는 대로 그레고르를 귀찮게 하도록 놔둘 게 아니라, 차라리 그의 방을 매일 청소하라는 명령을 내리는 편이 훨씬 나았을 듯했다.

한번은 봄이 머지않았다는 신호인지, 비가 억수같이 쏟아지며 유리창을 때리고 있던 이른 아침이었다. 파출부가 또 시시껄렁한 말로 수작을 부리자, 그레고르는 화가 날 대로 나서 느리고 쇠약한 몸으로 공격을 하려는 듯 그녀를 위협했다.

하지만 파출부는 겁을 내기는커녕 문 근처에 있던 의자를 번쩍 치켜들었다. 입을 쩍 벌린 채 그러고 서 있는 모양새를 보아하니, 손에 든 의자로 그레고르의 등짝을 내리치고 나서야 입을 다물 듯했다.

"더는 못 하겠지?"

그레고르가 다시 방향을 돌리자, 그녀는 이렇게 말하며 의자를 조용히 구석에 다시 내려놓았다.

이제 그레고르는 거의 먹지 않았다. 갖다 준 음식 옆을 우연히 지나다가 재미삼아 한입 집어 물기는 했지만, 대부분은 몇 시간 동안 입에 물고만 있다가 다시 뱉어 버리곤 했다. 처음엔 식욕부진의 원인이 하루가 다르게 바뀌는 방에 대한 슬픔 때문이라고 생각했지만, 사실 방의 변화는 금세 받아들일 수 있었다.

최근 들어 가족들은 마땅히 둘 곳이 없는 물건들을 모조리 그레고르의 방으로 가져다 두는 버릇이 생겼다. 특히 방 하나에 하숙인 셋을 들이면서 그런 물건이 아주 많아졌다. 그레고르가 문틈으로 관찰한 결과 세 명 모두 수염이 덥수룩했는데, 이 진지한 신사들은 일단 집에 세를 들었기 때문인지 자신들이 머무는 방은 물론이고 집 안 전체, 특히 부엌의 정리정돈에 지나칠 정도로 신경을 썼다.

그래서 필요 없는 물건이나 더러운 잡동사니를 못 견뎌 했다. 더구나 이들은 자신들이 쓰던 가구를 대부분 가져왔으므로, 팔 수는 없지만 그렇다고 버리고 싶지는 않은 물건들이 고스란히 그레고르의 방으로 옮겨지게 되었다. 부엌에 있던 재를 담아 두는 통이나 쓰레기통까지 따라 들어왔다.

매사에 성질이 급한 파출부는 필요 없는 물건들은 무조건 그레고르의 방으로 던져 버렸다. 물론 그 순간 그레고르가 본 건, 다행스럽게도 대부분 던져질 물건과 그 물건을 쥔 손뿐이었지만 말이다. 아마도 파출부는 시간과 기회가 허락할 때 물건을 다시 꺼내 정리하거나 아니면 모아 놓았다가 한꺼번에 버리려고 했던 것이리라. 하지만 실제로는 그레고르가 그 잡동사니 사이로 돌아다니느라 움직여 놓지 않았더라면, 그 물건들은 처음 던진 그 자리에 그대로 놓여 있었을 것이다.

처음에는 기어 다닐 공간이 마땅치 않아서 어쩔 수 없이 물건들 사이를 헤집고 다녔는데, 나중엔 뜻하지 않은 재미가 솔솔 느껴졌다. 물론 그렇게 돌아다니고 나면 죽을 만큼 피곤한 데다 슬픈 마음까지 들어 몇 시간 동안 꼼짝도 할 수 없었지만.

때때로 하숙인들이 거실에서 저녁 식사를 했기 때문에 거실 쪽 방문을 닫아 놓는 시간이 늘어났다. 그레고르는 방문을 열어 놓는 시간을 쉽사리 포기했다. 설사 방문을 열어 놓은 날 밤이라 하더라도 그 기회를 이용하려 애쓰지 않은 채 방 안에서 제일 어두운 구석에 처박혀 있었다.

한번은 파출부가 거실로 통하는 문을 살짝 열어 놓았다. 저녁이 되어 하숙인들이 거실에 들어와 불을 밝힐 때까지 그 문은 그대로 열려 있었다. 하숙인들은 예전에 아버지, 어머니, 그레고르가 밥을 먹던 위쪽 식탁에 둘러앉아 냅킨을 펴고 나이프와 포크를 집어 들었다. 그리고 뒤따라 고기 요리가 든 큰 대접을 손에 든 어머니가 나타났고, 그 뒤에 바짝 붙어 감자가 높게 쌓인 사발을 든 여동생이 따라왔다. 음식에선 김이 무럭무럭 피어올랐다.

하숙인들은 음식을 먹기 전에 시식이라도 하듯 자기 앞에 놓인 접시 쪽으로 몸을 굽혔고, 실제로 나머지 두 사람에게 권위자로 통하는 것 같아 보이는 가운데 자리의 신사가 고기 한 조각을 대접에 담겨 있는 채로 썰어 보았다. 잘 익었는지, 아니면 부엌으로 다시 돌려보내야 할지 확인하려는 게 분명했다.

곧 그는 흡족한 표정을 지었고, 잔뜩 긴장하며 지켜보던 어머니와 여동생은 안도의 숨을 내쉬며 얼굴에 미소를 띠었다.

가족들은 부엌에서 밥을 먹었다. 아버지는 부엌으로 가기 전에 거실로 와서 모자를 벗어 들고 하숙인들에게 일일이 인사를 한번 하고는 식탁 주위를 한 바퀴 돌았다. 하숙인들도 모두 일어나서 수염투성이의 입으로 뭐라고 중얼거렸다.

가족들이 거실을 떠나자 자기들끼리 남은 하숙인들은 말 한 마디 없이 식사를 했다. 이상하게도 그레고르의 귀에는 식사를 할 때 생겨나는 다양한 소음들 중에서 유독 음식을 씹는 소리가 강하게 와 닿았다. 마치 밥을 먹으려면 이빨이 필요하다고, 제 아무리 멋진 턱도 이빨이 없으면 아무 소용이 없다고 그레고르에게 시위라도 하는 듯이 느껴졌다.

"나도 밥이 먹고 싶어."

그레고르는 나직한 목소리로 혼자서 중얼거렸다.

"하지만 저 음식은 아냐. 하숙인들이 지금 먹고 있는 걸 먹느니 차라리 죽어 버리겠어."

그날 밤 부엌에서 바이올린 소리가 들렸다. 그 전에도 바이올린 소리가 들렸는지는 잘 기억이 나지 않았다. 저녁을 다 먹고 나자, 하숙인들 중 가운데 앉은 신사가 신문을 꺼내서 다른 두 사람에게 한 장씩 건네주었다. 다들 의자에 기대어 신문을 읽으며 담배를 피웠다.

그때 바이올린 연주가 시작되자, 그들은 갑자기 관심을 보이며 자리에서 일어나 까치발로 현관문 쪽으로 걸어갔다. 그러고는 서로를 밀쳐 대면서 문 앞에 서 있었다. 부엌에서도 그들의 발소리를 들은 모양이었다.

"듣기 싫으시면 당장 그만하라고 하겠습니다."

아버지가 외쳤다.

그러자 가운데 앉아 있던 신사가 말했다.

"아닙니다. 차라리 따님께서 저희 있는 곳으로 오셔서 연주를 하면 어떻겠습니까? 훨씬 편하고 아늑할 텐데요."

"아무렴요."

아버지는 자신이 바이올린 연주자인 것처럼 말했다. 신사들이 거실로 물러나 기다리자, 이내 아버지는 악보를 펼쳐 놓는 대를, 어머니는 악보를, 여동생은 바이올린을 들고 거실로 들어왔다. 여동생은 침착하게 바이올린 연주를 준비했다. 하숙을 처음 치기 때문에 하숙인들에게 지나칠 정도로 친절한 부모님은 감히 의자에 앉지도 못했다. 아버지는 윗옷의 단추 사이로 오른손을 찔러 넣은 채 문에 기대었고, 어머니는 한 하숙인이 가져다 준 의자를 받고서도 다른 위치로 옮길 엄두를 내지 못하고 그가 놓아둔 구석 자리에 그대로 앉았다.

여동생이 연주를 시작했다. 아버지와 어머니는 각자의 자리에서 신경을 곤두세운 채 여동생의 손놀림을 눈으로 좇았다. 연주에 매료된 그레고르는 조금 더 과감하게 앞으로 나아갔고, 어느새 머리를 거실로 들이밀고 있었다.

그레고르는 다른 사람들을 배려하지 않는 자신의 모습이 조금도 놀랍지 않았다. 예전에는 그런 배려가 그의 자부심이었고, 또 바로 지금이야말로 몸을 숨겨야 할 더 많은 이유가 있는데도 말이다.

사실 조금만 움직여도 사방으로 날리는 먼지가 방 안에 수북이 쌓여 있어서, 그레고르 역시 온몸이 먼지로 뒤덮여 있었다. 이제 그는 실, 머리카락, 음식 찌꺼기를 등과 옆구리에 붙인 채 여기저기 끌고 다녔다. 하루에도 몇 차례씩 양탄자에 몸을 비벼 대며 몸에 붙은 오물을 떼어 내던 예전의 모습은 찾을 길이 없었다. 그는 그 더러운 모습으로 아무 거리낌 없이 거실을 향해 한 걸음 더 나아갔다.

아무도 그에게 신경을 쓰지 않았다. 가족들은 바이올린 연주에 신경을 곤두세우고 있느라 꼼짝도 하지 않았다. 반면에 처음에는 바지 주머니에 양손을 찌른 채 여동생 뒤에 바짝 다가서 있어서 연주하는 데 방해가 될 것만 같았던 하숙인들은 얼마 지나지 않아 고개를 숙이고 자기들끼리 쑤군대며 창가 쪽으로 물러났다. 그들은 아버지의 근심 어린 시선을 받으며 계속 그 자리에 서 있었다.

아름다운 바이올린 연주를 들을 것이라 기대했던 그들은 실망한 나머지 이미 연주에 싫증이 난 게 틀림없었다. 자신들의 휴식을 방해하도록 내버려 두는 건 오로지 예의 때문이라는 걸 표정에서 충분히 읽을 수 있었다. 코와 입으로 담배 연기를 뿜어 올리는 모양새를 보아하니 아예 신경질이 난 것 같기도 했다.

사실 여동생의 연주는 매우 아름다웠다. 여동생은 얼굴을 옆으로 기울이고 슬픈 시선으로 악보를 좇았다. 그레고르는 조금만 더 앞으로 기어가면 여동생과 시선이 마주칠지도 모른다는 기대에 머리를 땅에 바짝 붙였다. 음악을 듣고 이렇게 감동을 받는 그가 정녕 벌레란 말인가? 그토록 갈망하던 미지의 음식을 찾으러 가는 길이 드디어 그레고르의 눈앞에 나타난 것 같았다.

그는 여동생에게 달려가 치마를 잡아당겨, 바이올린을 들고 자기 방으로 함께 들어가자는 뜻을 전하기로 결심했다. 그를 제외하고는 여기 있는 그 누구도 연주를 들을 가치가 없었기 때문이다. 여동생을 자신의 방에서 내보내지 않을 작정이었다. 적어도 그가 살아 있는 동안에는. 그의 흉측한 몰골이 처음으로 유용하게 사용될 순간이었다. 방의 모든 문을 동시에 지키면서 공격에 대항하리라!

물론 여동생에게 강요는 하지 않을 셈이었다. 여동생은 자발적으로 그의 방에 머물 것이었다. 여동생이 그레고르 옆에 있는 소파에 앉아서 허리를 굽혀 그한테 귀를 기울이면, 그는 여동생에게 음악 학교에 보낼 뜻이 확고하며 이런 불행이 일어나지 않았더라면 지난 크리스마스—그런데 크리스마스가 이미 지나갔던가?—에는 어떤 반대에 부딪히더라도 가족들 앞에서 발표했을 거라고 말하고 싶었다.

그 말을 듣고 나면 여동생은 감동의 눈물을 흘리겠지. 그러면 그레고르는 몸을 일으켜 그녀의 어깨를 짚고는, 가게에 다니면서부터 리본도 매지 않고 옷깃도 세우지 않게 된 여동생의 목에 키스를 하리라.

"잠자 씨!"

가운데 앉았던 신사가 아버지를 부르더니 아무 말 없이 집게 손가락으로 천천히 방에서 나오고 있는 그레고르를 가리켰다.

그와 동시에 바이올린 연주가 멎었다. 아버지를 부른 신사는 고개를 절레절레 저으며 친구들에게 미소를 짓더니 다시 그레고르를 쳐다보았다. 아버지는 그레고르를 내쫓는 것보다 먼저 하숙인들을 진정시키는 것이 우선이라고 생각하는 것 같았다. 정작 신사들은 전혀 흥분을 하지 않았고, 오히려 바이올린 연주보다 그레고르를 더 재미있어 하는 듯 보였는데도 말이다.

아버지는 하숙인들한테로 허둥지둥 달려가 팔을 펴서 그들을 방으로 몰아넣었다. 그러고는 자기 몸으로 그레고르를 가려 사람들이 보지 못하도록 막으려고 했다. 하숙인들은 약간 화가 난 듯했다. 그것이 아버지의 과격한 행동 때문인지, 아니면 그레고르와 이웃이라는 걸 모르고 있다가 이제야 알게 되어 화가 난 것인지 알 수 없었다. 그들은 아버지에게 설명을 요구하다가, 팔을 쳐들어 불안하게 수염을 잡아당기면서 마지못해 자기들 방으로 물러났다.

갑작스럽게 연주가 중단되면서 넋이 나간 듯 망연자실해 있던 여동생이 재빨리 움직이기 시작했다. 그녀는 바이올린과 활을 쥔 손을 축 늘어뜨린 채 계속 연주를 하려는 듯 악보를 들여다보더니, 문득 정신을 차리고는 격심한 호흡 곤란으로 아직까지 의자에 앉아 있던 어머니 품에 악기를 내려놓았다. 그러고는 아버지의 성화를 못 이긴 하숙인들이 발걸음을 재촉해 돌아가고 있던 옆방으로 먼저 달려가서, 익숙한 솜씨로 이불과 베개를 침대로 던져 하숙인들의 잠자리를 정리하고 방을 빠져나왔다.

아버지는 늘 하숙인들에게 보이던 존경심을 까맣게 잊어버리고 예의 고집불통이 되어서 하숙인들을 막무가내로 밀치기만 했다. 그러다 방문까지 밀려온 하숙인들 가운데 한 명이 우레와 같은 소리를 내며 발을 구르는 바람에 놀라 발걸음을 멈추었다. 가운데 자리에 앉았던 신사가 손을 들고는 눈으로 어머니와 여동생을 찾으면서 말했다.

"이 집과 가족의 혐오스러운 상황을 고려하여─여기서 그는 잠깐 결연하게 발로 땅을 굴렀다.─방을 비울 것이라고 선언합니다. 물론 여기서 살았던 며칠 동안의 방세는 한 푼도 내지 않을 겁니다. 더불어 이 상황에 맞는, 아주 쉽게 말해서 어떤 요구를 해야 하지 않을까 고민 중입니다."

그가 입을 다물고 무언가를 기다리는 사람처럼 똑바로 앞을 쳐다보았다. 그러자 두 친구도 즉각 끼어들었다.

"우리도 당장 방을 비우겠습니다."

그러자 그는 문고리를 잡고 큰 소리를 내며 문을 쾅 하고 닫아 버렸다.

아버지는 손을 더듬어 안락의자를 찾아서는 의자에 털썩 주저앉았다. 앉은 모습이 평상시의 저녁때 선잠이 든 것과 비슷했지만, 어찌할 바를 모르고 고개를 심하게 끄덕이는 걸로 보아 잠이 든 것 같지는 않았다.

그레고르는 하숙인들의 눈에 띈 바로 그 장소에 그대로 조용히 엎드려 있었다. 계획이 실패로 돌아갔다는 실망감 때문인지, 아니면 배가 하도 고파서 몸이 허약해진 탓인지 모르겠지만, 어쨌든 몸을 움직일 수가 없었다. 그는 이제 곧 그에게로 분출될 모두의 분노를 어느 정도 예측하며 두려운 마음으로 기다렸다. 그때 어머니의 떨리는 손가락 밑으로 삐죽이 나와 있던 바이올린이 거실 바닥으로 떨어지면서 온 집 안에 큰 소리가 울려 퍼졌다. 하지만 그레고르는 조금도 놀라지 않았다.

"어머니, 아버지."

여동생이 손으로 탁자를 내리치며 입을 열었다.

"이대로는 안 돼요. 어머니, 아버지 눈에는 안 보일지 몰라도 제 눈에는 훤히 보여요. 전 저 벌레를 오빠 이름으로 부르고 싶지 않아요. 전 그냥 '저것'이라고 부를 거예요. 우리는 저것에게서 벗어나야 해요. 그동안 저것을 돌보고 참으며 사람으로 할 수 있는 일은 다 했어요. 아무도 우리를 비난할 수 없을 거예요."

"네 말이 백번 맞다."

아버지가 중얼거렸다.

여전히 숨이 가빠 헉헉대던 어머니는 어찌할 바를 모르겠다는 심정을 눈동자에 가득 담고서, 손으로 입을 가린 채 소리 죽여 기침을 하기 시작했다. 여동생이 서둘러 어머니한테 달려가 손으로 이마를 받쳤다. 아버지는 여동생의 말을 듣고 확신을 하게 된 것 같았다. 똑바른 자세로 앉아서, 하숙인들이 저녁을 먹고 나서 그대로 놔둔 접시 사이로 경비 모자를 굴리며 조용하게 엎드려 있는 그레고르를 바라보았다.

"저것에게서 벗어나야 해요."

어머니가 기침을 하느라 정신이 없었기 때문에 이제 여동생은 아버지를 향해 말을 했다.

"저것이 어머니, 아버지를 죽일 거예요. 안 봐도 뻔해요. 그렇잖아도 우리같이 중노동에 시달리는 사람들이 어떻게 집 안에 가족들이 다 죽을 때까지 없어지지 않을 저런 골칫거리를 남겨두겠어요? 더는 못 참겠어요."

그러더니 여동생은 펑펑 울기 시작했다. 여동생의 눈물이 어머니의 얼굴을 타고 흘러 내려갔다. 어머니는 기계적인 손동작으로 얼굴에 흘러내린 눈물을 닦아 내었다.

"애야, 우리가 어떻게 하면 되겠니?"

아버지가 눈에 띄게 공감을 표시하며 물었다.

여동생은 자기도 모르겠다는 표시로 어깨만 으쓱했다. 조금 전 울음을 터트릴 때 보여 주었던 확신과는 정반대였다.

"그레고르가 우리 말을 알아듣는다면……."

아버지가 물음을 던지듯 말했다. 여동생은 눈물을 흘리는 와중에도 그건 꿈도 꾸지 말라는 표시로 격렬하게 손사래를 쳤다.

"없애 버려야 해요. 그것밖에 방법이 없어요. 아버지, 저것이 그레고르란 생각을 아예 하지 말아야 해요. 그동안 저것이 그레고르라고 믿었던 게 우리의 진짜 불행이었어요. 어떻게 저것이 그레고르일 수가 있어요? 그레고르라면 저런 벌레가 사람하고 같이 사는 게 말도 안 되는 일이란 걸 진작부터 알았을 것이고, 알아서 제 발로 집을 나갔을 거예요. 그랬더라면 우리는 비록 오빠를 잃었어도 오빠에 대한 좋은 추억만을 안고 살았겠지요. 그렇지만 저것은 우리를 괴롭히고, 하숙인들을 내쫓고, 우리마저 길거리로 내쫓고는 온 집 안을 다 차지하게 될 거예요. 저것 보세요, 아버지."

그레고르가 보기에 전혀 이해할 수 없는 공포에 휩싸인 여동생은 그 옆에 있느니 차라리 어머니를 희생시키겠다는 듯 의자를 박차고 일어났다. 그리고 어머니를 떠나 아버지 뒤로 달려갔다. 여동생의 이런 행동으로 괜스레 흥분한 아버지 역시, 의자에서 일어나 마치 여동생을 보호하려는 듯 양팔을 앞으로 반쯤 치켜들었다.

하지만 그레고르는 누구를 겁주려는 생각 따위는 추호도 없었다. 하물며 여동생이야 말해 무엇할까? 그저 몸을 돌려 방으로 돌아가려 했을 뿐인데 몸 상태가 엉망이다 보니 방향을 바꾸기가 쉽지 않아 고개를 함께 움직여야만 했다. 그러면서 머리를 들다 몇 번 바닥에 부딪히자 다른 사람이 보기에 이상했던 것이다.

그는 동작을 멈추고 주변을 살펴보았다. 다들 그의 마음을 알아차린 것 같았다. 모두들 그냥 잠시 놀랐을 뿐이었다. 가족 모두 그를 슬픈 표정으로 조용히 쳐다보았다. 어머니는 양다리를 쭉 펴서 딱 붙인 채 의자에 누워 있었는데, 피곤에 지쳐서 그런지 눈꺼풀이 붙어서 떨어지지 않았다. 여동생은 아버지의 목에 손을 걸친 채 나란히 앉아 있었다.

'이젠 돌아도 될 거야.'

그레고르는 그렇게 생각하며 하던 일을 계속했다. 하지만 너무 힘이 들어서 헐떡거리며 자주 쉬었다. 아무도 재촉하지 않았다. 그냥 그가 하는 대로 내버려 두었다. 방향이 완전히 바뀌자, 그는 방을 향해 똑바로 기어가기 시작했다. 하지만 방까지의 거리가 너무 멀어서 내심 놀랐다. 조금 전 자기가 그 허약한 몸을 이끌고 어떻게 여기까지 왔는지 알 수가 없었다.

그는 얼른 기어가야겠다는 생각에만 사로잡혀 가족 중 누구도 말을 하거나 고함을 지르지 않는다는 사실을 알아채지 못했다. 문에 이르자 그가 고개를 돌렸다. 목이 뻣뻣해서 고개가 완전히 돌아가지는 않았지만, 어쨌든 돌아보니 여동생이 서 있다는 점만 빼면 아무것도 변한 게 없었다. 그의 시선이 잠에 빠져든 어머니를 스쳐 지나갔다.

하지만 그가 방에 들어서자마자 허겁지겁 문을 닫고 빗장을 지르는 소리가 들렸다. 뒤편에서 들려온 갑작스러운 소음에 어찌나 놀랐던지, 그레고르는 그만 발을 접질리고 말았다. 그렇게 서두른 범인은 여동생이었다. 벌써부터 문 앞에 서서 기다리고 있다가 민첩하게 달려든 모양이었다.

"됐어요!"

열쇠를 돌리면서 여동생이 부모님께 외치는 소리가 들렸다.

"이제 어쩌지?"

그레고르는 스스로에게 물어보며 어두운 주위를 돌아보았다. 곧 몸이 꼼짝도 하지 않는다는 사실을 깨달았지만 놀랍지도 않았다. 오히려 지금까지 가는 다리로 움직일 수 있었다는 사실이 신기하게 느껴졌다. 더구나 제법 편안하기도 했다. 온몸이 아팠지만 통증이 점점 약해지다가 결국 사그라지는 느낌이었다. 등에 박힌 썩은 사과와 그 주변의 곪은 상처는 폭신한 먼지에 덮여 이젠 아무런 느낌도 없었다.

그는 가족과 함께한 시간을 회상하며 감동과 사랑을 느꼈다. 그레고르가 사라져야 마땅하다는 생각은 여동생보다 그에게 훨씬 더 절실했다. 시계탑의 시계가 새벽 세 시를 칠 때까지 그는 머리를 비운 채 평화로움을 느꼈다. 이윽고 창밖에서 동이 트기 시작했다. 동시에 그레고르의 고개가 자신도 모르는 사이에 완전히 꺾였다. 콧구멍에서 마지막 숨결이 희미하게 흘러나왔다.

이른 아침 집에 도착한 파출부는—그녀는 아무리 하지 말라고 일러도 문이란 문은 모조리 힘껏 여닫았기 때문에 일단 그녀가 도착하면 온 가족이 편안하게 잘 수가 없었다.—여느 때처럼 그레고르의 방에 잠깐 들렀지만 별다른 점을 발견하지 못했다. 그레고르가 불쌍한 척을 하려고 일부러 꼼짝도 하지 않고 누워 있는 거라고 생각했다. 그녀는 그가 이성이 있는 존재라고 믿었다.

그녀는 우연히 찾아낸 긴 빗자루를 들고 문턱에 서서 그레고르를 간질였다. 그래도 그레고르가 꼼짝도 하지 않자 화가 치밀어 슬쩍 찔러 보았다. 그런데 아무런 저항 없이 몸이 쓱 밀려가자 비로소 주의를 기울이게 되었다. 그녀는 사태를 알아차리고는 눈을 동그랗게 뜨고 휘파람을 획 불었다.

파출부는 그 자리에 오래 서 있지 않았다. 곧 침실로 달려가 문을 열어젖히고 큰 소리로 어둠을 향해 소리를 질렀다.

"이거 보세요. 저것이 뒈졌는데요. 저기 누워 있는데, 완전히 뒈졌어요."

잠자 씨 부부는 파출부의 말을 이해하기 전에 자고 있던 침대에서 벌떡 일어나 앉아 파출부 때문에 놀란 가슴부터 진정시켜야 했다. 하지만 무슨 말인지 알아듣자마자 각자 침대에 누워 있던 방향으로 허둥지둥 내려왔다. 잠자 씨는 담요를 어깨에 걸쳤고 잠자 부인은 잠옷 차림 그대로 그레고르의 방으로 달려갔다. 하숙인들을 받은 뒤부터 거실에서 잠을 자던 그레테도 그사이 거실로 통하는 문을 열었다. 그녀는 밤을 꼴딱 샌 사람처럼 옷을 다 차려입고 있었고, 창백한 얼굴 역시 눈을 전혀 붙이지 못한 듯 보였다.

"죽었을까?"

잠자 부인은 모든 걸 직접 눈으로 볼 수 있고, 또한 굳이 살펴보지 않아도 알 수 있는 일임에도 이렇게 말하며 파출부를 쳐다보았다.

"그런 것 같네요."

파출부가 이렇게 대답하면서 빗자루로 그레고르의 시체를 살짝 옆으로 밀었다. 잠자 부인은 빗자루를 멈춰 세우려는 듯 몸을 움직였지만 굳이 파출부의 행동을 말리지 않았다.

"이제야말로 신께 감사의 기도를 올려야겠구나."

잠자 씨가 이렇게 말하며 성호를 그었고, 세 여자가 그를 따라 성호를 그었다. 한순간도 시체에서 눈을 떼지 않던 그레테가 말했다.

"보세요, 너무 말랐어요. 벌써 한참 전부터 아무것도 안 먹었거든요. 들여놓은 음식에 입도 대지 않았어요."

실제로 그레고르의 몸은 납작하게 말라 있었다. 다들 이제야 그 사실을 깨달았다. 이젠 작은 다리들이 몸을 지탱하고 있지도 않았고, 그 밖에 특별히 시선을 끌 만한 것이 없었기 때문이었다.

"이리 오너라, 그레테. 잠깐 방으로 들어오렴."

잠자 부인이 슬픈 미소를 지으며 말했고, 그레테는 시체를 흘깃흘깃 돌아보면서 부모님을 따라 침실로 들어갔다. 파출부는 방문을 닫고 집 안의 창문이란 창문은 모조리 열어젖혔다. 이른 아침이었는데도 시원한 아침 공기에는 미지근한 기운이 섞여 있었다. 벌써 오월 말이었던 것이다.

하숙인 세 명이 방에서 나와 아침 식사를 찾다가 놀란 표정으로 주변을 둘러보았다. 온 식구가 그들을 까맣게 잊어버리고 있었던 것이다.

"아침 식사는 어디 있소?"

가운데 자리에 앉았던 신사가 투덜거리며 파출부에 물었다. 파출부는 손가락을 입술에 갖다 대며 조용히 하라는 몸짓을 하더니, 말없이 그레고르의 방으로 가 보라는 손짓을 했다. 그들은 방으로 들어가더니, 닳아빠진 윗저고리의 호주머니에 손을 찌른 채 이미 훤해진 방 안에서 그레고르의 시신을 빙 둘러싸고

서 있었다.

그 순간 침실 문이 열리며 제복을 입은 잠자 씨가 한 팔에는 아내를, 다른 팔에는 딸을 안고 나타났다. 모두가 약간씩 눈물을 흘린 얼굴이었다. 그레테는 가끔씩 아버지의 팔에 얼굴을 묻었다.

"당장 내 집에서 나가시오!"

잠자 씨가 여자들을 그대로 안은 채 현관문 쪽을 가리키며 말했다.

"무슨 말씀이십니까?"

가운데 선 신사가 약간은 당황한 표정으로 아첨의 미소를 띠며 대답했다. 뒷짐을 지고 서 있던 다른 두 신사는, 이제 곧 시작될 큰 싸움이 자신들에게 유리하게 끝나리라 기대하며 양손을 비벼댔다.

"말한 그대로요."

잠자 씨가 대답하며 두 여자와 함께 어깨를 맞대고 하숙인들에게로 곧바로 걸어갔다. 가운데 신사는 조용히 서서 머릿속으로 새로운 상황을 정리하려는 듯 땅바닥을 내려다보고 있었다.

"그러시다면 저희가 나가야지요."

그는 이렇게 말하고는 갑자기 겸손한 자세로 이런 결심에 허락을 구하려는 듯 잠자 씨를 올려다보았다. 잠자 씨는 눈을 크게 뜨고 그를 향해 몇 차례 고개를 끄덕였다. 그러자 신사는 그즉시 현관문 쪽으로 성큼성큼 걸어갔다. 한동안 손을 가만히 둔 채 뒤에서 귀를 기울이고 있던 두 친구도 겁을 먹은 듯 종종걸음으로 그의 뒤를 따라갔다. 세 사람은 현관의 옷걸이에서 모자를 집어 들고 지팡이 통에서 지팡이를 꺼내더니 말없이 허리를 굽혀 인사하고는 집에서 나갔다.

잠자 씨는 이유 없는 불안감에 두 여자와 함께 바깥 현관까지 따라 나갔다. 세 사람은 난간에 기대어 하숙인들이 느린 속도로, 하지만 쉼 없이 긴 계단을 내려가는 광경을 지켜보았다. 계단이 일정하게 휘어져 있었기 때문에 층마다 하숙인들의 모습이 사라졌다가 잠깐 후 다시 나타나곤 했다. 그들이 밑으로 내려갈수록 하숙인들에 대한 잠자 가족의 관심도 점차 옅어졌다.

이윽고 푸줏간 심부름꾼이 머리에 들것을 이고 당당한 자세로 그들을 지나쳐 계단을 올라가자, 잠자 씨와 두 여자는 한결 가벼워진 마음으로 난간을 떠나 집 안으로 들어갔다.

그들은 오늘 하루를 휴식과 산책을 하며 보내기로 마음먹었다. 그들에게는 이런 결근을 누릴 자격이 있을뿐더러 꼭 필요한 일이기도 했다. 그래서 그들은 식탁에 앉아 세 통의 휴가원을 썼다. 잠자 씨는 은행 지점장에게, 잠자 부인은 속옷을 주문한 사람에게, 그레테는 가게 주인에게.

휴가원을 쓰는 동안, 파출부가 들어와서 아침 일을 마쳤으니 그만 가 보겠다고 말했다. 세 사람은 파출부를 쳐다보지도 않고 고개만 끄덕였다. 그런데 파출부가 계속 갈 생각을 하지 않자 짜증이 나서 고개를 들었다.

"왜 그러시오?"

잠자 씨가 물었다.

파출부는 가족에게 알려 줄 엄청난 행운이 있지만, 그들이 꼬치꼬치 캐묻지 않는다면 입을 열지 않겠다는 듯 미소를 지으며 문 앞에 서 있었다. 잠자 씨가 보는 내내 눈에 거슬려 했던, 머리에 쓰고 있는 모자의 작은 타조 깃털이 거의 직각으로 서서 사방으로 흔들렸다.

"그러니까 대체 원하는 게 뭐예요?"

개중에 파출부에게 가장 존경을 받는 잠자 부인이 물었다.

"네⋯⋯."

파출부는 이 한마디를 던지더니 다정하게 웃느라 이야기를 잇지 못했다.

"그러니까 옆방의 저 물건들을 어떻게 치울까 하는 걱정은 안 하셔도 된다는 거예요."

이 말에 잠자 부인과 그레테는 하던 일을 마저 끝내려는 듯 다시 휴가원을 들여다보았고, 잠자 씨는 파출부가 이제부터 구구절절 설명하려 한다는 사실을 눈치채고는 손을 뻗어 단호하게 그녀의 말을 가로막았다.

그녀는 말문이 막히자, 아주 급한 일이 있다는 사실을 떠올리고는 마음이 상해서 크게 외쳤다.

"다들 안녕히 계세요."

그러고는 몸을 휙 돌려 무시무시할 정도로 시끄럽게 문을 닫으며 집을 떠났다.

"저녁엔 해고해 버립시다."

잠자 씨가 그렇게 말했지만 아내도 딸도 대답을 하지 않았다. 가까스로 얻은 평온을 파출부가 다시 깨트렸기 때문이다. 두 여자는 자리에서 일어나 창가로 걸어갔고, 그곳에서 서로를 부둥켜안고 서 있었다. 잠자 씨는 소파에 앉아 아내와 딸을 향해 몸을 돌리더니 한동안 입을 다물고 그들을 바라보았다. 그러고는 이렇게 외쳤다.

"이리 와. 옛일은 잊어버리자꾸나. 내 생각도 좀 해 줘야지."

그의 말이 떨어지자마자 두 여자는 그를 향해 달려와 위로하며 어루만졌다. 그들은 서둘러 휴가원을 마무리했다.

잠시 후, 세 사람은 함께 집을 나섰다. 몇 달 동안 하지 못했던 일이었다. 그들은 전차를 타고 교외로 나갔다. 그들밖에 없는 전차 칸은 창으로 비쳐드는 따스한 햇살에 잠겨 있었다.

그들은 편안하게 의자 등받이에 기대어 앞으로 어떻게 될지 이야기를 나누었다. 의견을 나누다 보니 전망이 나쁘지 않았다. 그동안 서로 자세히 물어본 적 없었던 세 사람의 일자리는 모두 썩 괜찮은 편이었고, 특히 앞으로 잘될 가능성이 높았다.

물론 지금 살고 있는 집만 옮겨도 금세 상황이 좋아질 터였다.

그레고르가 고른 지금 집보다 작고 싸지만 위치가 좋고 더 실용적인 집을 구한다면 말이다.

대화를 나누는 동안 점점 더 활기를 띠는 딸을 처다보면서, 잠자 씨 부부는 딸이 최근 들어 뺨이 해쓱해질 정도로 힘든 일을 겪으면서도 아름답고 풍만한 처녀로 활짝 피어났다는 사실을 동시에 깨달았다. 그리고 차츰 입을 다물고 거의 무의식적으로 시선을 교환하면서, 이제 딸을 위해 착실한 남자를 찾아야 할 때가 되었다고 생각했다.

전차가 종착역에 이르러 딸이 제일 먼저 일어나 젊음이 넘치는 몸을 쭉 펴고 한껏 기지개를 켜자, 그들은 그것이야말로 새로운 꿈과 훌륭한 계획에 대한 대답이라고 확신했다.

제 2 편

판결_F.를 위하여

봄기운이 완연한 어느 일요일 오전이었다. 젊은 상인 게오르크 벤데만은 강을 따라 길게 일렬로 늘어선, 날림으로 지어 높이와 색깔만 빼면 거의 구분이 되지 않는 나지막한 가옥들 중 한 집의 이층 자기 방에 앉아 있었다.

그는 방금 외국에 살고 있는 친구에게 편지를 쓰고 나서 장난치듯 느릿느릿 봉인을 한 참이었다. 그러고는 팔꿈치를 책상에 괴고 창문 너머로 강과 다리, 연둣빛으로 물들어 가는 건너편 언덕을 바라보았다.

그는 친구가 자신의 처지에 만족하지 못하고 도망치다시피 고향을 등졌던 몇 년 전 상황을 곰곰이 떠올렸다. 그 친구는 지금 페테르부르크에서 가게를 운영하고 있었다. 처음에는 제법 장사가 잘된 모양이었지만, 친구가 드문드문 고향을 찾을 때마다 하소연했듯이 이미 오래전부터 가게 상황이 썩 좋지 않은 듯했다.

친구는 그렇게 멀고 먼 외국에서 뼈 빠지게 일을 했지만 별반 소득이 없었다. 게다가 이국적인 수염마저도 어린 시절부터 익히 알던 그의 얼굴을 제대로 가리지 못해서, 병이 난 것만 같은 누런 피부색이 그대로 드러나 보였다.

친구의 말대로라면 현지에 머무는 동포들과도 별 접촉이 없었고, 그렇다고 그 고장 사람들과 친하게 지내는 것도 아니니 결국 노총각으로 늙어 죽을 채비를 하는 것과 다름없었다.

그런 친구에게 무슨 편지를 쓸 수 있을까? 방향을 잘못 잡았기에 안타깝기는 하지만 도와줄 수도 없는 그런 사람에게 말이다. 고향으로 생활 터전을 다시 옮기고, 예전의 친구 관계를 회복하여 친구들의 도움을 기대하라고 충고해야 할까? 그런 면에서는 전혀 문제 될 게 없으니까 말이다.

하지만 이런 충고는 친구를 보호하려고 하면 할수록 더더욱 모욕적으로 들릴 수 있었다. 친구의 입장에서는 지금까지의 노력이 실패로 돌아갔으니 그만 접고 고향으로 돌아와 눈을 동그랗게 뜨고 바라보는 뭇 사람들의 시선을 참고 견디라는 말로 들릴 수 있을 테니까.

게다가 고향에서 성공한 이해심 넓은 친구들의 말을 무턱대고 따르는, 다 자란 어린아이처럼 지내라는 말과도 다름없었다. 만약 그렇게 될 경우 그가 반드시 받게 될 그 모든 고통이 과연 의미가 있는 걸까?

친구 스스로도 이제는 고향의 상황을 잘 모르겠다고 했으므로 애당초 그를 고향으로 불러오는 것 자체가 불가능할지도 모를 일이었다. 그렇다면 어차피 외국에서 계속 살아갈 사람한테 괜히 충고랍시고 마음만 상하게 만들어서, 오히려 지금보다 더 친구들에 대해 거리감만 느끼게 만들지도 몰랐다.

또 설령 주머니 사정 때문에 어쩔 수 없이 충고를 받아들여 이곳에 주저앉는다면, 그는 친구들이 있을 때나 없을 때나 갈피를 잡지 못하며 수치심에 괴로워할 가능성이 높았다.

그러면 정말로 고향도 친구도 다 잃어버렸다고 느낄 텐데, 차라리 지금처럼 외국에서 사는 게 그를 위해 더 낫지 않을까? 상황이 이런데 어떻게 그가 이곳으로 돌아오면 모든 게 더 나아지리라고 생각할 수 있겠는가?

이런 이유로 게오르크는 그 친구와 서신 교환만이라도 계속 유지하기 위해, 까마득히 먼 관계의 지인에게조차 거리낌 없이 털어놓을 수 있는 진짜 소식을 그에게는 전할 수 없었다.

친구는 벌써 삼 년 넘게 고향을 찾지 않았다. 그는 그 이유를 작은 규모의 가게 주인조차 잠시 자리를 비우는 게 허용되지 않을 정도로 불안한 러시아의 정치적 상황 탓으로 궁색하게 돌리고 있지만, 수십만 러시아 사람들이 유유자적 전 세계를 돌아다니고 있는 게 현실이었다.

사실 최근 이삼 년 동안 게오르크에게는 많은 변화가 있었다. 약 이 년 전에 어머니가 돌아가시고 게오르크가 늙은 아버지를 모시고 살게 되었다는 사실을 친구도 어디서 듣고 알았는지, 편지를 통해 무미건조하게나마 조의를 표한 바 있었다. 무미건조했던 이유는 얼마나 슬픈 일인지 타국에서는 상상조차 할 수 없었기 때문일 것이다.

어쨌든 게오르크는 그 시점부터 매사에 단단한 결심을 하고 행동했고, 사업 역시 각오를 다지고 매진했다. 어쩌면 어머니 생전에는 사업을 자기 뜻대로만 하려고 들며 게오르크가 하려던 사업을 사사건건 방해만 하던 아버지가, 어머니가 돌아가시자 사업에서 완전히 손을 떼지는 않았어도 훨씬 소극적으로 변했기 때문인지도 몰랐다. 또 어쩌면 행운이 훨씬 더 중요한 역할을 했는지도 몰랐다.

어쨌거나 사업은 이 년 동안 예상 밖으로 번창해서 직원 숫자는 두 배로 늘어났고, 매출액은 다섯 배로 뛰어올랐으며, 앞으로의 발전 가능성도 의심할 여지가 없었다.

하지만 친구는 이런 변화를 전혀 알지 못했다. 예전에, 아마도 조의를 표했던 마지막 편지일 듯한데, 그는 게오르크에게 러시아로 이민을 오라고 설득하며 페테르부르크에서 게오르크의 사업 분야가 어느 정도 전망이 있는지를 장황하게 설명했다. 그 수치들은 지금 게오르크의 사업 규모에 비하면 턱없이 작은 편이었다.

하지만 당시 게오르크는 친구에게 자신의 성공을 털어놓고 싶은 생각이 없었고, 그렇다고 이제 와서 새삼스레 사실을 전하는 것도 정말이지 이상한 일처럼 보일 터였다.

그래서 게오르크는 한갓진 어느 일요일 오후, 머릿속에 뒤죽박죽 떠오를 법한 중요하지 않은 사건들만 친구에게 적어 보냈다. 그가 바란 건 친구가 오랜 세월 동안 제 나름대로 만들어 만족스럽게 간직하고 있는 고향의 이미지를 건드리지 않고 내버려 두는 것이었다.

그러다 보니 자신과 아무 상관도 없는 한 남자가 역시나 아무 상관 없는 어떤 처녀와 약혼을 했다는 소식을 드문드문 띄운 세 통의 편지에 꼬박꼬박 적어 보내는 바람에, 오히려 친구가 게오르크의 의도와는 반대로 이 약혼에 이상한 흥미를 느끼게 된 적도 있었다.

하지만 게오르크는 자신이 유복한 집안의 아가씨 프리다 브란덴펠트와 지난달 약혼했다는 사실을 고백하기보다는 차라리 그런 시답잖은 일을 적어 보내는 편이 낫다고 생각했다. 가끔 그는 약혼녀에게 친구에 대해서는 물론이고, 그와 주고받는 특이한 편지에 대해 이야기했다.

"그럼 그분은 우리 결혼식에 안 오겠네요. 하지만 내겐 당신의 친구를 전부 만나 볼 권리가 있어요."

약혼녀가 그렇게 말했다.

"그를 방해하고 싶지는 않소. 그러니까 내 말은 그가 결혼식에 올 거라는 뜻이라오. 적어도 난 그렇게 믿고 있소. 하지만 온다 해도 마지못해 온다는 느낌, 기분이 상한 느낌이 들겠지요. 또 어쩌면 내가 부러워서 불만을 느낄 테지만, 그 불만을 해소하지 못하고 다시 외국으로 돌아가고 말 거요. 그것도 혼자서. 당신은 그게 무슨 뜻인지 이해할 수 있소?"

"그럼요, 그렇지만 그 친구분이 우리 결혼을 다른 방법으로 알게 되지는 않을까요?"

"물론 그렇게 된다면 굳이 숨기지는 않겠소. 하지만 그가 사는 방식으로 볼 때 그럴 가능성은 거의 없다오."

"게오르크, 당신이 그런 친구를 두었다면 약혼 따위는 아예 하지 말 걸 그랬나 봐요."

"당신 말이 맞소. 우리 두 사람의 책임이오. 그래도 약혼을 무를 생각은 전혀 없소만."

그녀는 그의 키스 세례를 받아 가쁘게 숨을 할딱거리면서 말했다.

"그래도 화가 난단 말이에요."

그는 친구에게 모든 사실을 털어놓는 것도 그리 나쁘지 않겠다는 생각이 들었다.

"이게 내 모습이고, 친구도 이런 날 받아들여야 해."

그는 혼자서 중얼거렸다.

"나를 지금의 나보다 그와의 우정에 더 잘 어울리는 사람으로 만들 수는 없으니까."

이리하여 그는 실제로 일요일 오전, 친구에게 다음과 같은 장문의 편지로 자신의 약혼 소식을 알리려 했다.

"최고의 뉴스는 마지막까지 아껴 두었네. 내가 프리다 브란덴펠트라는 여성과 약혼을 했거든. 자네가 고향을 떠나고 한참 뒤에 이곳으로 온 유복한 집안의 처녀라서 자네는 알 도리가 없을 걸세. 약혼녀에 대한 상세한 내용은 다음 기회에 전하기로 하고, 오늘은 내가 정말로 행복하다는 소식만 전하기로 하세. 우리의 관계에서 변한 건 단 하나, 자네가 이제 지극히 평범한 친구 대신 행복에 빠진 친구를 갖게 되었다는 사실뿐이라네. 더구나 다음번에는 내 약혼녀가 직접 자네에게 진심으로 인사를 전하는 편지를 쓰고, 자네의 허물없는 여자 친구가 되어 줄 걸세. 총각에게는 전혀 의미 없는 일도 아니지 않은가? 여러 가지 사정으로 자네가 고향을 찾기는 쉽지 않을 거라는 걸 잘 알지만, 내 결혼식을 빌미로 온갖 장애물들을 한 번쯤 던져 버리는 건 어떤가? 물론 어찌 되었건 이리저리 고민하지 말고 자네 편한 대로

하게나."

게오르크는 편지를 손에 들고 창 쪽으로 고개를 돌린 채 오랫동안 책상에 앉아 있었다. 아는 사람이 골목을 지나가면서 그에게 인사를 건넸지만, 그는 마음이 콩밭에 가 있는 사람처럼 멍한 미소를 지었을 뿐 제대로 답례도 하지 못했다.

마침내 그는 편지를 호주머니에 찔러 넣고 방에서 나와, 좁은 복도를 가로질러 벌써 몇 달째 들어가 보지 않았던 아버지의 방으로 향했다.

실은 굳이 아버지 방에 들어갈 필요가 없었다. 아버지와는 회사에서 늘 얼굴을 맞대고 있었고, 점심 식사도 같은 식당에서 같은 시각에 하곤 했다. 저녁은 각자 편한 대로 차려서 먹었지만, 게오르크가 친구들을 만나거나 요즘 들어 그러하듯 약혼녀를 찾을 때를 제외하면 대부분의 시간을 아버지와 함께 거실에 앉아 각자 신문을 보면서 보냈다.

게오르크는 무척이나 화창한 오전인데도 아버지의 방이 몹시 어두워서 깜짝 놀랐다. 좁은 마당 한켠을 둘러싼 높은 담이 창으로 그림자를 던지고 있었다. 아버지는 돌아가신 어머니의 유품들이 즐비한 구석 창가에 앉아 약해진 시력을 보충이라도 하려는 듯 신문을 눈앞에 비스듬히 가져다 대고서 읽고 있었다. 탁자에는 먹다 남은 아침 식사가 놓여 있었다. 음식이 많이 남은 듯 보였다.

"아, 게오르크구나!"

아버지가 얼른 일어나 마주 걸어왔다. 걷는 도중에 묵직한 가운의 끝자락이 펼쳐져 나풀거렸다.

"여전히 체구가 건장하시구나."

게오르크는 혼잣말로 중얼댔다.

"여긴 너무 어두운데요."

그가 말했다.

"그래, 어둡기는 하지."

아버지가 대답했다.

"창문을 닫으신 거예요?"

"그게 더 좋더구나."

"바깥은 아주 따뜻한걸요."

게오르크가 덧붙이듯 대답을 하고는 자리에 앉았다. 아버지는 아침 먹은 그릇을 집어 궤짝 위에 올려놓았다. 멍하니 노인의 동작을 눈으로 쫓던 게오르크가 말을 이었다.

"그냥 이 말씀을 드리려고 왔어요. 페테르부르크로 제 약혼 소식을 알리겠다고요."

그는 호주머니에서 편지를 살짝 빼내 보여 준 다음 도로 집어넣었다.

"페테르부르크로?"

아버지가 물었다.

"제 친구한테요."

게오르크가 아버지의 기색을 살피며 생각했다.

'회사에서 볼 때와는 전혀 다른 모습이시구나. 저렇게 아무렇게나 앉아서 떡하니 팔짱을 끼고 계시다니.'

"그래, 네 친구."

아버지가 강조해서 말했다.

"아버지도 아시잖아요. 처음에는 제 약혼 소식을 그에게 비밀로 하려 했었다는 걸요. 친구를 배려하기 위해서였지 다른 이유는 없었어요. 그가 까다로운 사람이란 건 아버지도 잘 아시잖아요. 그런데 문득 그 친구가 다른 곳에서 제 약혼 소식을 듣게 될지도 모른다는 생각이 들었어요. 워낙 사람을 안 만나니 그럴 일은 없어 보이지만, 그래도 제가 막을 수는 없는 일이니까요. 그러다 보니 제가 직접 이야기하는 게 낫겠다고 생각했어요."

"지금 와서 생각이 바뀌었단 말이지?"

그렇게 물으며 아버지는 크게 펼친 신문을 창턱에 내려놓고, 신문 위에 안경을 올려놓고는 다시 손으로 안경을 덮었다.

"네, 생각이 바뀌었어요. 그가 진정한 친구라면 제 행복한 약혼이 그에게도 축하할 일일 거예요. 그래서 더 이상 소식을 전할까 말까 망설이지 않기로 했어요. 그렇지만 편지를 부치기 전에 아버지께는 말씀드리고 싶었어요."

"게오르크."

아버지가 이빨 빠진 입을 활짝 벌렸다.

"그 일을 상의하러 왔다면 두말할 것 없이 잘한 일이다. 하지만 진실을 다 털어놓지 않는다면 아무 소용 없어. 소용은커녕 짜증만 날 뿐이지. 이 일과 관계 없는 걸 괜히 들쑤시고 싶지는 않다. 네 어미가 죽은 후 안 그래도 몇 가지 불미스러운 일들이 있었지. 어쩌면 그런 일에 대해 이야기할 시기가 된 건지도 모르겠구나. 생각했던 것보다 더 빨리 그때가 온 건지도 몰라. 회사에서도 내가 이것저것 놓치는 일이 적지 않을 게야. 그렇다고 나한테 일부러 숨기는 건 아닐 테지. 그런 생각은 절대로 하고 싶지 않구나.

난 이제 기운도 떨어지고 기억력도 예전만 못하단다. 더 이상 그 많은 일들을 다 살피지 못해. 첫째는 그것이 자연의 섭리이고, 둘째는 네 어미의 죽음이 너보다는 내게 훨씬 더 타격이 컸기 때문이야. 그렇지만 우리가 다름 아닌 이 일, 즉 편지에 대해 의논하고 있으니 내 부탁하마. 게오르크, 날 속이지 마라. 이건 사소한 일이야. 눈곱만큼의 가치도 없는 일이지. 그러니 날 속이지 마라. 정말로 페테르부르크에 그런 친구가 있기는 한 게냐?"

게오르크가 당황해서 일어섰다.

"친구 이야기는 그만하기로 해요. 친구가 수천 명 있어도 아버지를 대신하지는 못해요. 제가 무슨 생각을 하는지 아세요? 아버지는 너무 몸을 아끼지 않으세요. 이젠 나이를 생각하셔야죠. 아버지는 회사에 꼭 필요한 분이세요. 그건 아버지도 잘 알고 계시잖아요. 하지만 회사가 아버지 건강을 해친다면, 내일 당장이라도 문을 닫아 버리겠어요. 이대로는 안 돼요. 아버지를 위해 생활방식을 바꿔야겠어요. 철저하게 다른 생활방식으로 말이죠. 거실에 가면 볕이 환한데, 아버지는 여기 어두컴컴한 방에 앉아 계시잖아요. 또 끼니를 제대로 챙겨서 원기를 북돋아야 할 텐데 아침도 먹는 둥 마는 둥 하시고요. 창문도 꽉 닫아 놓고 계시고. 바람을 쐬면 좋을 텐데 말이에요. 아니, 아버지! 의사를 불러 오겠어요. 의사가 시키는 대로 하기로 해요. 우리가 방을 바꾸어서 아버지가 앞방으로 가시고 제가 이리 들어오는 게 좋겠어요. 아버지한텐 별 변화가 없을 거예요. 여기 있는 걸 전부 옮길 거니까요. 하지만 아직 시간이 있으니까 지금은 잠시 침대에 누우세요. 아버지한테는 정말이지, 휴식이 필요해요. 이리 오세요. 옷 벗는 걸 도와 드릴게요. 제가 거들어 드릴 수 있어요. 아니면 지금 당장 앞방으로 가시겠어요? 거기서 잠시 제 침대에 누워 계시면 되잖아요. 아무래도 그게 좋을 것 같아요."

게오르크는 더부룩한 흰머리를 가슴팍에 떨구고 있는 아버지 옆으로 바짝 다가섰다.

"게오르크."

아버지가 꼼짝도 하지 않은 채 작은 소리로 그를 불렀다. 게오르크는 당장 아버지 곁에 꿇어앉았다. 피곤해 보이는 아버지 얼굴의 양쪽 눈 가장자리로, 엄청나게 큰 눈동자가 자신을 향하고 있었다.

"넌 페테르부르크에 친구가 없어. 넌 늘 농담을 잘 했지. 내 앞이라고 해서 주눅이 들지도 않고. 어떻게 하필이면 그런 곳에 친구가 있단 말이냐! 도저히 믿을 수가 없구나."

"찬찬히 생각해 보세요."

게오르크가 이렇게 말하며 아버지를 의자에서 일으켰고, 정말 힘없이 서 있는 아버지의 가운을 벗겼다.

"삼 년이 다 되어 가요. 그 친구가 우리 집에 왔었잖아요. 아버지가 그 친구를 썩 좋아하지 않으셨다는 것도 기억이 나요. 그가 내 방에 있었는데도 아버지께 적어도 두 번은 없다고 말씀드렸으니까요. 그 녀석을 싫어하는 아버지의 심정은 충분히 이해되어요. 괴팍한 점이 있는 친구거든요. 하지만 그러고 나서 한번은 아버지가 그 친구와 아주 사이좋게 이야기를 나누셨어요. 그 녀석의 말에 귀를 기울이고, 고개를 끄덕이고, 질문을 던지는 아버지를 보며 정말 뿌듯했었죠. 그때 친구는 러시아 혁명에 대해 믿을 수 없는 이야기들을 들려 주었지요. 한번은 키예프로 출장을 갔을 때 마침 폭동이 일어났는데, 한 성직자가 발코니에 선 채 손바닥에다 칼로 넓은 십자가 모양을 새기고는 피가 흐르는 손을 치켜들고 군중들에게 외치는 광경을 보았다고 이야기했던 기억이 나요. 아버지가 나중에 그 이야기를 여기저기 옮기고 다니셨잖아요."

　말을 하면서 게오르크는 아버지를 의자에 다시 앉히고 아마로 만든 속옷 위에 입은 트리코(메리야스의 한 종류로 부드럽고 구김살이 적은 천─옮긴이) 바지와 양말을 조심조심 벗기는 데 성공했다. 그는 깨끗하지 못한 속옷을 보면서 아버지에게 신경을 쓰지 않았던 자신을 자책했다. 옷을 자주 갈아입을 수 있도록 살피는 것도 자신의 의무일 터였다.

　약혼녀와는 아버지의 미래에 대해 아직 확실하게 의논을 해보지 않았다. 아버지가 여태 살던 집에 혼자 남아 계실 거라고 마음속으로 예상했기 때문이다. 하지만 지금 그는 아버지를 앞으로 꾸릴 자신의 가정에서 모시겠노라고 단호하게 결심했다. 조금 더 헤아려 보니, 결혼 후면 이미 때가 너무 늦을 수도 있겠다는 생각마저 들었다.

　그는 아버지를 팔에 안고 침대로 걸어갔다. 그러나 침대까지 몇 걸음 옮기는 동안, 아버지가 자신의 가슴에 달린 시곗줄을 만지작거리는 모습을 보며 섬뜩한 느낌이 들었다. 아버지가 시곗줄을 어찌나 꽉 붙잡고 있었던지 아버지를 얼른 침대에 누일 수가 없을 정도였다.

　하지만 일단 아버지가 침대에 눕자 다 좋아 보였다. 아버지는 자기 손으로 이불자락을 어깨 한참 위까지 쭉 끌어당겨 덮었다. 그리고는 다정하게 게오르크를 올려다보았다.

"그 친구 기억나시죠?"

게오르크가 아버지를 향해 용기를 북돋아 주려는 듯 고개를 끄덕이며 물었다.

"잘 덮였니?"

아버지는 이불이 발까지 잘 덮였는지를 살펴볼 수 없다는 듯 말했다.

"침대에 누우시니 좋으시죠."

게오르크가 말하며 이불을 다독여 주었다.

"잘 덮였니?"

아버지는 다시 한 번 물어보았는데, 게오르크의 대답에 특별히 신경을 쓰는 것 같았다.

"마음 푹 놓으세요. 잘 덮였으니까요."

"아니야!"

그의 말이 끝나기가 무섭게 아버지가 소리를 꽥 질렀다. 아버지는 순간적으로 이불이 휙 날아가며 활짝 펴질 정도로 힘껏 이불을 젖히더니 똑바로 일어나 바른 자세로 침대 위에 섰다. 한 손으로는 천장을 살짝 짚고 있었다.

"넌 날 이불로 덮어 버리고 싶겠지만, 난 아직 이불에 푹 덮이지 않았어. 이게 마지막 남은 힘일지도 모르겠지만 널 상대하기에는 충분하지. 아니 상대하고도 남아. 물론 난 네 친구를 잘 안다. 차라리 그 애가 내 아들이라면 마음에 쏙 들 텐데. 그래서 네가 여태껏 그 애를 속였잖느냐! 그렇지 않다면 왜 속였겠니? 내가 그 애를 가여워하며 울지 않았을 것 같냐? 그렇게 생각했으니까 네가 사무실에 처박혀 사장님은 바쁘니까 아무도 방해하지 말라고 해 놓고서 실은 러시아로 가짜 편지나 쓰고 있었던 거겠지. 그렇지만 아버지란 누가 가르쳐 주지 않아도 아들 녀석의 마음 정도는 꿰뚫어 볼 수가 있는 법이야. 넌 지금 네가 그 애를 복종하게 만들었다고 믿고 있겠지. 엉덩이로 깔아뭉개서 꼼짝 못 하도록 복종시켰노라고 말이야. 그랬으니까 우리 아드님께서 결혼을 하겠다고 득달같이 결심을 하셨겠지!"

게오르크는 아버지의 끔찍한 모습을 올려다보았다. 갑자기 아버지가 아주 잘 아는 척을 하는 페테르부르크의 친구가 난생 처음 충격으로 다가왔다. 약탈을 당하고 나서 텅 빈 가게 문 앞에 서 있는 그의 모습이 눈앞에 어른거렸다. 부서진 진열대, 망가진 상품들, 떨어져 나간 가스관 사이에 그는 여전히 서 있었다. 왜 그토록 먼 곳까지 가야만 했던가!

"날 봐라!"

아버지가 소리쳤다.

거의 넋이 나간 게오르크는 무엇이든 붙잡을 만한 걸 찾으러 침대 쪽으로 달려가다 걸음을 멈추고 말았다.

"그년이 치마를 치켜들었기 때문이지."

아버지가 간살스럽기 짝이 없는 목소리로 입을 열었다.

"그 구역질나는 년이 치마를 치켜들었기 때문이야."

아버지는 설명을 하느라 속옷을 추켜올렸고, 그 때문에 전쟁에서 얻은 허벅지의 흉터가 드러났다.

"치마를 이렇게, 이렇게, 이렇게 치켜들었기 때문에 네가 그년한테 홀린 거겠지. 그년이랑 아무한테도 방해받지 않으며 즐기고 싶어서, 네 어미의 영전을 더럽히고 친구를 배신하고 네 애비를 꼼짝도 못 하게 침대에 처박아 두었어. 하지만 그런다고 네 애비가 꼼짝도 못 할 거라 생각했느냐?"

아버지는 아무것도 잡지 않고 서서 발길질을 해 댔다. 얼굴에는 득의에 찬 웃음이 가득했다.

게오르크는 최대한 아버지에게서 멀찍이 떨어져 방 한구석에서 있었다. 한참 전부터 모든 것을 아주 꼼꼼하게 관찰하기로 굳게 마음먹고 있었다. 빙 돌아서, 위에서나 뒤쪽에서 기습을 당하지 않도록 말이다. 오래전에 잊었던 결심이 떠올랐지만 짧은 실을 바늘귀로 집어넣어 당기듯 결심은 다시 잊혀졌다.

"네 친구는 배신당하지 않았어!"

아버지가 고함을 지르며 집게손가락을 이리저리 움직여 자신의 말을 거듭 강조했다.

"난 그 녀석의 이곳 현지 대리인이거든."

"내가 코미디를 보고 있나 보군!"

게오르크는 자기도 모르게 이렇게 외쳤지만 이내 자신의 잘

못을 깨닫고 혀를 깨물었다. 하지만 너무 늦었다. 고통으로 인해 눈동자가 경직되고 허리만 앞으로 구부러졌을 뿐이었다.

"그래, 내가 코미디를 했다. 코미디를 했어. 멋진 말이로구나! 늙은 애비에게 그것 말고 달리 무슨 위안이 있겠니? 대답해 보렴. 적어도 대답을 하는 순간에는 살아 있는 내 아들로 있어 다오. 성실하지 못한 회사 직원들에게 괴롭힘을 당해 뼛속까지 늙어 버린 나 같은 뒷방 늙은이에게 뭐가 남아 있겠니? 아들이란 놈은 신이 나서 돌아다니며 내가 실컷 준비해 놓은 사업 계약을 맺고는 만족해서 까불거리기나 하고, 그러다 제 애비 앞에서는 아무렇지도 않은 척 신사처럼 과묵한 표정을 지으며 도망치기에만 바쁘니 원! 내가 널 사랑하지 않는다고 생각하니? 널 낳은 내가?"

'이제 앞으로 엎어지겠지.'

게오르크는 속으로 생각했다.

'침대에서 떨어져 박살이 나 버릴 거야.'

이런 생각이 그의 머리를 스치고 지나갔다.

하지만 아버지는 앞으로 몸을 굽혔지만 침대에서 떨어지지 않았다. 게오르크가 예상과 달리 가까이 다가오지 않자 아버지는 다시 몸을 일으켰다.

"그 자리에 그대로 있어라. 난 네가 필요 없다. 넌 이쪽으로 올 힘이 있으면서도 마음이 내키지 않아서 한 걸음 물러나 있는 거겠지. 착각하지 마라. 난 너보다 훨씬 힘이 세. 물론 나 혼자라면 뒤로 물러나야 할지도 모르지. 하지만 네 어미가 힘을 실어 주었고, 네 친구가 멋지게 내 편을 들어주었지. 게다가 네놈의 고객 명단이 여기 호주머니 속에 들어 있다."

"속옷에도 호주머니가 달려 있다니!"

게오르크는 혼자 중얼거리면서, 이 사실을 소문낸다면 온 세상 사람들 앞에서 아버지를 한심한 인간으로 만들어 버릴 수 있을 거라고 생각했다. 하지만 그 생각도 한순간뿐이었다. 또 금방 모든 걸 잊어버렸기 때문이다.

"네 약혼녀와 팔짱을 끼고 나한테 오너라! 내가 그년을 네 옆에서 싹 쓸어 버릴 테니. 어떻게 할지 넌 상상도 못 할 게다."

게오르크는 아버지의 말을 못 믿겠다는 듯 얼굴을 찌푸렸다. 아버지는 자신의 말이 진실이라고 맹세하듯 게오르크가 서 있는 구석을 향해 그저 고개를 끄덕이고만 있었다.

"오늘 네가 날 찾아와서는 친구한테 약혼 소식을 알려야 할지 물어봐 줘서 얼마나 즐거웠는지 모르겠구나. 멍청한 놈, 네 친구는 이미 모든 걸 알고 있다. 모든 걸 알고 있단 말이다! 네가 잊어버리고 나한테서 필기도구를 빼앗아 가지 않았기 때문에 내가 그 아이에게 편지를 썼지. 그 애가 몇 년 전부터 고향에 오지 않은 이유가 바로 그 때문이었다. 여기 사정을 너보다 수백 배는 더 잘 알고 있거든. 네 편지는 읽지도 않은 채 구겨서 왼손에 들고 있지만, 내 편지는 오른손에 들고서 몇 번이나 반복해서 읽었을 게야."

아버지는 신이 나서 머리 위로 팔을 들고 흔들어댔다.

"여기 사정을 너보다 천 배는 더 잘 알고 있단 말이다!"

아버지가 외쳤다.

"만 배겠죠!"

게오르크는 아버지를 비웃으려고 그렇게 말했지만, 그의 입에서 튀어나온 말은 더없이 심각하게 들렸다.

"네가 나한테 들러 그렇게 물어볼 날을 몇 년 전부터 기대하고 있었다. 내가 다른 것에 신경 쓰고 있다고 생각했니? 내가 신문을 읽는다고 생각했어? 자!"

어찌 된 영문인지 침대까지 딸려 온 신문지 한 장을 아버지가 게오르크에게로 던졌다. 게오르크는 이름조차 들어 본 적 없는 옛날 신문이었다.

"네가 철이 들기까지 얼마나 많은 시간이 걸렸는지 모르겠구나! 네 어미는 이 기쁜 날을 맞이하지도 못하고 죽었고, 네 친구는 벌써 삼 년 전에 내동댕이쳐진 채 러시아에서 망해 가고 있지. 나? 내가 어떤지는 너도 보고 있지 않니? 너도 눈이 달려 있을 테니까 말이다!"

"그러니까 절 염탐하셨군요!"

게오르크가 외쳤다.

아버지는 동정하는 투로 지나가듯 말했다.

"그 말을 좀 더 일찍 하고 싶었겠지. 하지만 이젠 하나 마나 한 말이야. 더 이상 어울리는 말이 아니지."

그러고는 목소리를 더 높여 외쳤다.

"그러니까 이제 넌 이 세상에 너 말고도 무엇이 있는지 알게 되었을 게다. 지금까지는 너밖에 몰랐지. 넌 원래 착한 아이였지만, 진짜 본성은 악마 같은 인간이었던 게야. 그러니 명심해라! 이제 난 너에게 물에 빠져 죽으라는 판결을 내리겠다!"

게오르크는 방에서 쫓겨난 느낌이었다. 뒤편 침대에서 아버지가 쓰러지면서 울리던 쾅 소리가 아직도 귀에 생생했다. 그는 경사면을 달리듯 서둘러 내려가다가, 마침 오전 청소를 하러 올라오던 가정부와 계단에서 마주쳤다.

"어머나!"

그녀가 비명을 지르며 앞치마로 얼굴을 가렸다. 하지만 그는 이미 사라진 뒤였다. 게오르크는 대문을 뛰쳐나와 차로를 건너 물가로 내달렸다. 그리고 굶주린 사람이 음식을 잡듯 다리의 난간을 꽉 움켜쥐었다.

그는 부모님의 자랑거리였던 어린 시절의 체조 선수처럼 몸을 휙 날려 난간에 매달렸다. 손에서 점점 힘이 빠졌지만 난간을 꽉 잡고서 난간 기둥 사이로 버스가 오나 안 오나를 살폈다. 그가 떨어지는 소리는 버스 소리에 쉽사리 가려질 터였다.

그는 나지막하게 소리쳤다.

"사랑하는 어머니, 아버지. 전 두 분을 사랑했습니다."

그리고 손을 놓았다.

길게 늘어선 차량의 행렬이 다리 위를 끊임없이 지나가고 있었다.

제 3 편

시골 의사

나는 당황해서 어쩔 줄 몰랐다. 급히 왕진을 가야 할 참이었다. 십 마일(1마일은 약 1.6km―옮긴이) 떨어진 마을에서 중환자가 나를 기다리고 있었다. 하지만 그와 나 사이의 광활한 공간을 심한 눈보라가 가득 메우고 있었다.

마차가 한 대 준비되어 있었다. 가볍고 바퀴가 커서 시골길에서는 그만한 게 없었다. 나는 털가죽 외투를 두르고 왕진 가방을 들고는 모든 준비를 마친 채 마당에 서 있었다.

그런데 말이 없었다, 말이! 내 말은 지난밤, 추운 겨울의 과로를 이기지 못하고 그만 숨을 거두고 말았다. 우리 집에서 일하는 하녀가 지금 마을을 돌아다니며 말을 구하고는 있지만 누가 봐도 가망이 없어 보였다. 시간이 흐르면서 눈은 점점 더 수북이 쌓여만 가고 그럴수록 움직이기는 더더욱 힘들어지는데, 나는 속절없이 마당에 서 있기만 했다.

대문에 하녀가 나타났다. 혼자 등불을 들고 있었다. 당연했다. 누가 이런 날 왕진길에 자기 말을 빌려 주겠는가? 나는 다시 한 번 마당을 가로질렀다. 방법이 없었다. 나는 멍한 표정으로 괴로워하며 벌써 몇 년 전부터 사용하지 않은 돼지우리의 썩은 문을 발로 걷어찼다. 경첩에서 덜커덕거리는 소리가 나며 문이 열렸다 닫혔다를 반복했다.

동시에 말에게서 풍길 법한 온기와 냄새가 솟구쳐 나왔다. 돼지우리 안에 흐릿한 등불이 줄에 매달려 흔들거리고 있었다. 낮은 천장 때문에 몸을 웅크린 푸른 눈의 사내가 모자도 쓰지 않은 맨얼굴을 우리 밖으로 내밀었다.

"말을 매 드릴까요?"

그가 네 발로 기어 나오면서 물었다. 나는 무슨 말을 해야 할지 몰라 입을 다문 채, 그저 돼지우리 안에 뭐가 더 있는지 살펴보려고 허리를 굽혔다.

어느새 하녀가 내 옆에 서 있었다.

"자기 집에 뭐가 있는지도 모른다니까."

그녀가 그렇게 말했고, 우리 두 사람은 웃음을 터트렸다.

"안녕, 형제님. 안녕, 자매님."

마부가 이렇게 외치자, 옆구리가 튼튼해 보이는 큰 말 두 마리가 발을 몸에 딱 붙인 채 잘생긴 머리를 낙타처럼 수그리고는 몸통을 비트는 힘만으로 차례차례 돼지우리의 문을 빠져나왔다. 덩치가 커서 문이 꽉 찰 정도였다. 두 마리 모두 문밖으로 나오자마자 몸을 일으켰다. 높다란 키에, 몸에서는 짙은 김이 무럭무럭 솟아올랐다.

"그를 도와줘."

말 잘 듣는 하녀는 내 말을 듣고 서둘러 달려가 마부에게 마구를 건넸다. 하지만 마부는 하녀가 다가오자마자 그녀를 끌어안고 그녀의 얼굴에 자기 얼굴을 비벼 댔다. 하녀가 비명을 지르며 내게로 도망쳐 왔는데, 하녀의 뺨에는 두 줄기 붉은 이빨 자국이 나 있었다.

"짐승 같은 놈!"

나는 화가 나서 소리쳤다.

"채찍질을 당하고 싶은 게냐?"

하지만 그 순간 그가 잘 모르는 사람이라는 생각이 들었다. 나는 그가 어디서 왔는지도 모를뿐더러, 그는 아무도 도와주려 하지 않는 이때에 스스럼없이 나서서 나를 도와주고 있다. 그는 내 생각을 읽기라도 한 듯 내 협박에 아랑곳하지 않고 여전히 말에 매달려서는 힐끗 나를 한번 돌아보기만 했다.

"오르시죠."

그의 말을 듣고 보니 정말로 모든 준비가 끝나 있었다. 그렇게 멋진 마차는 한 번도 타 본 적이 없었기에 나는 즐거운 마음으로 마차에 올랐다.

"마차는 내가 몰겠네. 자네는 길을 잘 모를 테니."

내가 말한다.

"물론입죠. 전 같이 가지도 않을 겁니다. 로자하고 있을 거니까요."

그가 말한다.

"안 돼요."

로자가 피할 길 없는 운명을 예감하고는 비명을 지르며 집 안으로 달려 들어간다. 문에 사슬을 거는 소리가 들리고, 자물쇠를 채우는 소리가 들린다. 그것으로도 모자라 하녀는 자기를 찾지 못하게 하려고 복도는 물론이고 방마다 돌아다니며 불이란 불을 모조리 꺼 버린다.

"나하고 같이 가세나."

내가 마부에게 말한다.

"자네가 가지 않겠다면 나 역시 아무리 왕진이 급하다 해도 가지 않겠네. 왕진 때문에 저 처녀를 자네에게 넘길 수야 없지."

"이랴!"

그가 소리를 지르며 손뼉을 친다. 그러자 마차가 강물에 휩쓸려 떠내려가는 나무 조각처럼 순식간에 내달린다. 마부가 우리 집 현관문으로 돌진하는 바람에 문이 깨지고 부서지는 소리가 아직도 생생한데, 내 눈과 귀는 마차의 질주로 인해 오감을 골고루 파고드는 소음으로 가득 차 있다.

하지만 그것도 잠시, 우리 집 대문 바로 앞에 환자의 집 마당이 펼쳐지기라도 한 듯 나는 이미 그 집 마당에 와 있다. 말들도 조용히 멈춰 서 있다. 눈보라도 그쳤다. 사방에 달빛이 넘쳐흐른다. 환자의 부모가 집에서 달려 나오고 누이가 그 뒤를 따른다. 그들은 나를 거의 마차에서 들어내다시피 한다. 저마다 무어라 말을 하지만 나는 한마디도 제대로 알아들을 수가 없다.

환자가 있는 방에 들어가니 숨을 쉬기 힘들 정도로 공기가 탁하다. 아무도 관심을 두지 않는 화로가 연기를 내뿜고 있다. 창문을 열어젖히고 싶지만 일단 환자부터 봐야 한다.

마른 몸에 열은 없고, 몸이 차갑지도 뜨겁지도 않다. 멍한 눈동자에, 속옷도 입지 않은 소년이 깃털 침대에서 몸을 일으켜 내 목을 부둥켜안고는 귀에다 속삭인다.

"선생님, 절 죽게 내버려 두세요."

나는 주변을 두리번거리지만 아무도 그 말을 듣지 못했다. 부모는 입을 다물고 허리를 구부린 채 서서 내 진단을 기다리고 있다. 누이는 왕진 가방을 내려놓을 의자를 하나 가져온다. 나는 가방을 열어 내 진료 도구를 찾는다. 소년은 자신의 부탁을 상기시키려고 침대 밖으로 손을 내밀어 계속해서 나를 더듬는다.

나는 핀셋을 집어 촛불 밑에서 살피다가 도로 집어넣는다.

'그래.'

나는 욕하는 심정으로 생각한다.

'이런 경우에는 신이 도움을 주시지. 없던 말도 보내 주시고, 급한 나머지 한 마리 더 추가해 주신 데다 과하게시리 마부까지 내놓으셨지.'

이제야 다시 로자 생각이 난다. 나는 무엇을 하고 있는 걸까? 어떻게 하면 그녀를 그 마부의 손아귀에서 빼낼 수 있을까? 십 마일이나 떨어진 곳에서 마음대로 부릴 수도 없는 말을 마차에 매달고서 어떻게 그녀를 구한단 말인가?

어떻게 했는지는 몰라도 가죽끈을 느슨하게 풀어헤친 두 마리 말이 방 밖에서 창문을 열어젖히고는 각자 창문 하나씩을 차지하여 대가리를 들이민다. 그러고는 가족들이 비명을 지르는데도 아랑곳하지 않고 환자를 살핀다.

'당장 돌아가야지.'

나는 말이 나한테 가자고 재촉이라도 한 듯 돌아가려는 생각을 한다. 하지만 내가 더워서 괴로워한다고 생각한 누이가 내 털가죽 외투를 벗기자 그냥 그녀가 하는 대로 맡겨 둔다. 늙은 아버지는 럼주 한 잔을 내 손에 건네고 나서 내 어깨를 툭툭 친다. 자식을 맡겼으니 이렇게 친한 척하는 넉살 정도는 괜찮다고 생각하는 것이다. 나는 고개를 절레절레 흔든다. 노인의 고지식한 생각이 불쾌하다. 럼주를 거절한 것도 바로 그 때문이다.

환자의 어머니는 침대 곁에 서서 내게 오라고 손짓을 한다. 나는 그녀의 말에 따른다. 딸들이 큰 소리로 천장을 보며 히힝 대고 우는 동안 소년의 가슴에 내 머리를 댄다. 내 축축한 수염 때문에 소년의 몸이 바르르 떨린다. 내 짐작이 맞다. 소년은 건강하다. 혈액 순환에 조금 문제가 있긴 하지만, 아픈 데는 없다. 걱정 많은 어머니가 커피를 너무 많이 먹였을 뿐……. 이럴 땐 발로 뻥 차서 침대에서 쫓아내는 게 상책이다.

하지만 나는 세상을 바꿀 만한 사람이 아니니, 그를 그냥 내버려 둔다. 나는 고용된 지역 보건의일 뿐이고 내 의무를, 어쩌면 과하다 싶을 만큼 최선을 다 하고 있다. 봉급은 쥐꼬리만큼이지만 인정이 많아서 가난한 사람들을 잘 도와준다. 로자도 보살펴 주어야 하는데.

어쩌면 저 소년의 말이 옳을지도 모른다. 나 역시 죽고 싶다. 이 끝나지 않을 것만 같은 겨울에 내가 여기서 무엇을 할 수 있단 말인가! 내 말은 죽었고, 마을에는 내게 자기 말을 빌려 줄 사람 한 명 없다. 돼지우리에서 말을 끌어내야 할 판이다. 거기에 있던 게 우연히도 말이었기에 망정이지, 하마터면 돼지를 타고 올 뻔했다. 세상이 그렇다.

그래도 나는 환자의 가족을 향해 고개를 끄덕인다. 그들은 아무것도 모른다. 설사 알았다 해도 믿지 않을 것이다. 처방전을 쓰는 일이야 쉽지만 사람들과 의사소통하기는 어렵다.

이제 이곳의 왕진도 끝났다. 이번에도 쓸데없이 고생만 했지만 그런 것쯤은 이미 익숙하다. 야간 비상종으로 지역 전체가 나를 고문하고 있으니까. 하지만 이번에는 로자까지 바쳐야 했다. 제대로 신경을 써 주지는 못했지만, 몇 년 동안 우리 집에 살았던 그 예쁜 처녀를. 희생이 너무 크다. 아무리 좋은 뜻을 갖고 있다 한들 로자를 내게 돌려줄 수 없는 이 가족에게 분개하여 달려들지 않으려면, 임시방편으로라도 나 나름의 변명거리를 만들어야 한다.

내가 왕진 가방을 닫고 외투를 가져오라고 손짓을 하자 가족이 옹기종기 모여든다. 아버지는 손에 든 럼주잔에 코를 박고 쿵쿵대며 냄새를 맡는다. 어머니는 나에게 실망한 듯 눈에 눈물이 가득 고여 입술을 깨물고, 누이는 피가 많이 묻은 손수건을 흔든다. 대체 이 사람들은 내게 뭘 기대하는 걸까?

나는 상황에 따라서 소년이 아프다고 말해야겠다고 생각한다. 내가 소년에게 다가가자, 소년은 내가 기운을 북돋아 줄 수프라도 가져온 사람인 양 나를 향해 미소를 짓는다. 아, 지금 두 마리 말이 히히힝 운다. 내 머리 위 높은 곳에서, 어서 쉽게 쉽게 진료를 하라고 명령을 내리는 것처럼.

이윽고 나는 발견한다. 그렇다, 소년은 진짜로 아프다. 오른쪽 옆구리, 허리께에 손바닥만 한 상처가 입을 벌리고 있다. 짙은 장밋빛을 띤, 안쪽에서부터 바깥쪽으로 갈수록 옅어지는 색깔의 상처. 촉감이 부드럽고 피가 고르지 않게 고여 있는, 파헤쳐진 광산처럼 떡 벌어진 상처가.

가까이서 살펴보니 더 심각하다. 이런 상처를 보면서 소리 죽여 구역질을 하지 않을 사람이 몇이나 되겠는가? 굵기와 길이가 새끼손가락만 하고 원래도 붉은색인데 피까지 묻어 선홍색으로 빛나는, 머리는 희고 발이 많은 벌레들이 상처 안쪽에 꽉 틀어박혀 빛을 향해 꿈틀거리고 있다.

가엾은 소년아, 널 도와줄 수가 없구나. 내가 너의 큰 상처를 찾아냈구나. 옆구리에 생긴 이 꽃 때문에 너는 죽게 되리라.

가족은 행복한 심정으로 내가 치료하는 광경을 지켜보고 있다. 누이는 어머니에게 내가 치료를 하고 있다고 이야기하고, 어머니는 아버지에게, 아버지는 까치발을 하고 쭉 뻗은 양팔로 균형을 잡으면서 열린 문의 달빛을 지나 방으로 들어온 손님 몇 사람에게 이야기한다.

"절 살려 주실 건가요?"

자신의 상처 속에 생긴 생명체를 보고 완전히 기가 죽은 소년이 훌쩍이며 속삭인다. 이 고장 사람들은 늘 저렇다. 의사에게 불가능한 일을 요구한다. 과거의 신앙은 잃어버렸다. 신부는 집에 틀어박혀 미사복을 하나씩 쥐어뜯고 있는데, 의사한테는 부드러운 외과 의사의 손으로 모든 걸 다 해내라고 요구한다.

뭐, 좋을 대로. 나는 자청하지 않았다. 그들이 날 성스러운 목적으로 이용한다면 나도 굳이 말리지 않겠다. 하녀를 강탈당한 늙은 시골 의사 주제에 내가 뭘 더 바라겠는가!

그러자 그들이, 가족과 마을 연장자들이 들어와서 내 옷을 벗기고, 교사가 지휘를 맡은 학교 합창단이 집 앞에 서서 지극히 단순한 멜로디의 노래를 부른다.

옷을 벗기면 그가 치료를 해 줄 것이다
치료를 하지 않거든 그를 죽여라!
그는 한낱 의사, 한낱 의사일 뿐!

나는 옷을 벗고 수염에 손을 얹은 채 고개를 숙이고 조용히 사람들을 바라본다. 나는 아주 침착하고, 그 누구보다 훌륭하며, 앞으로도 그럴 것이다.

그럼에도 아무 소용이 없다. 그들이 내 머리와 다리를 들고 나를 침대로 옮겨 놓았기 때문이다. 벽에다, 상처 옆에다, 그들은 나를 누인다. 그러고는 모두 방에서 나가 버린다. 문이 닫히고 합창 소리가 멎는다. 구름이 달을 가린다. 이불이 나를 따뜻하게 감싸고 있다. 말대가리들이 창에서 그림자처럼 흔들거린다.

"있잖아요."

내 귀에 속삭이는 소리가 들린다.

"전 선생님을 안 믿어요. 선생님도 어쩌다 여기에 떨어지셨지, 제 발로 걸어오신 건 아니잖아요. 도움이 되기는커녕 선생님 때문에 침대만 더 좁아졌어요. 선생님 눈알이나 파내 버렸으면 좋겠어요."

"네 말이 맞다."

내가 말한다.

"이건 치욕이야. 하지만 난 의사잖니? 내가 뭘 하겠니? 내 말을 믿으렴. 나도 쉽지 않단다."

"그 따위 변명으로 만족하라고요? 어쩔 수 없죠. 늘 만족해야 했으니까. 전 아름다운 상처를 갖고 세상에 왔어요. 그게 제가 갖출 수 있는 무기의 전부예요."

"어린 친구, 네 잘못은 통찰력이 없다는 거야. 여기저기 온갖 환자의 방이란 방은 다 돌아다녀 본 내가 말하건대, 네 상처는 크게 나쁘지 않아. 곡괭이로 두 차례, 예각으로 베였을 뿐이야. 많은 이들이 옆구리를 내놓고 숲에서 일을 하면서도 곡괭이 소리를 못 듣는단다. 그러니 곡괭이가 자신한테 날아드는 소리를 못 듣는 거야 더 말해 무엇하겠니?"

"그게 정말이에요? 열이 있다고 절 속이시는 건 아니에요?"

"정말이란다. 보건의의 명예를 걸고 한 말이니 새겨듣거라."

그러자 그는 내 말을 새겨듣고 입을 다물었다. 하지만 지금은 나 자신의 구원을 생각해야 할 때였다. 말들은 아직 충실하게 제자리를 지키고 있었다. 나는 얼른 옷과 털가죽 외투를 챙기고, 왕진 가방을 꾸렸다. 옷을 입느라 시간을 지체하고 싶지 않았다. 말이 올 때처럼만 서둘러 준다면 이 환자의 침대에서 바로 내 침대로 풀쩍 건너뛸 것이었다. 말 한 마리가 얌전하게 창에서 물러났다. 나는 마차에 짐 꾸러미를 던졌다. 외투가 날아가다 활짝 펴지는 바람에 소맷자락 한쪽만 갈고리에 걸렸다. 그래도 그걸로 됐다.

나는 말 등으로 풀쩍 뛰어올랐다. 가죽끈이 축 늘어진 채 질질 끌렸다. 타고 있는 말을 다른 말과 제대로 묶지도 못했고, 뒤에 매달린 마차도 정신없이 왔다 갔다 하면서 따라왔다. 그 뒤 제일 마지막으로 내 외투가 눈길 위를 끌려왔다.

"이랴!"

내가 말을 몰며 외쳤지만 내 외침만큼 신나게 달리지 못했다. 우리는 늙은 노인들처럼 천천히 눈밭을 이동했다. 아까와는 다른, 어딘가 살짝 뒤튼 곡을 아이들이 불렀고, 그 노랫소리가 오래오래 뒤에서 울려 퍼졌다.

너희 환자들이여, 기뻐하라
의사를 너희 침대에 뉘었도다!

이렇게는 절대 집으로 돌아갈 수 없다. 장사 잘되던 내 의사

생활은 끝장이 났다. 후임자가 내 자리를 넘보지만 소용없다. 그는 나를 대신할 수 없다. 우리 집에는 구역질나는 마부가 미쳐 날뛰고 있고, 로자는 그의 제물이 되었다. 그 생각은 더 하고 싶지 않다.

늙은 나는 이 불행한 시대의 혹한 속에 알몸으로 내동댕이쳐진 채, 천상의 말이 끄는 지상의 마차를 타고 이리저리 헤맨다. 털가죽 외투가 마차 뒤에 매달려 있지만 내 손이 닿지 않는다. 하지만 몸을 움직일 수 있는 환자들 중 어느 한 놈도 손가락 하나 까딱하지 않는다.

속았다, 속았어! 잘못 울린 야간 비상종을 딱 한 번 쫓아갔는데, 영원히 돌이킬 수가 없구나.

제 4 편

학술원에 드리는 보고

존경하는 학술원 회원 여러분!

영광스럽게도 저는 제 과거에 대해 학술원에 보고서를 제출해 달라는 요청을 받았습니다.

하지만 저는 이런 요청에 따를 수가 없습니다. 원숭이 생활을 청산한 지도 벌써 오 년 가까이 되었습니다. 달력을 넘기다 보면 짧게 느껴지는 시간일지도 모르겠습니다만, 제가 그랬듯 미친 듯이 달려오기에는 너무나 긴 시간이지요. 그 시간 동안 때때로 뛰어난 사람들과 그들의 충고, 박수갈채와 오케스트라 음악이 저와 함께했습니다만, 근본적으로 저는 혼자였습니다. 저와 함께했던 모든 것들은, 비유하자면 울타리 저 너머에 있었기 때문이지요.

제가 제 출신과 젊은 시절의 기억에 집착했다면 이런 업적은 불가능했을 겁니다. 그런 고집을 버리는 것이야말로 제가 제 자신과 맺은 반드시 지켜야 할 최고의 약속이었습니다. 자유로운 원숭이였던 제가 그 멍에를 자진해서 짊어졌던 것이지요.

하지만 그 덕분에 날이 갈수록 제 기억들은 희미해져 버렸습니다. 처음엔 하늘과 땅 사이에 활짝 열린 문을 통해 내 마음대로 다시 돌아갈 수 있었지만, 앞으로만 내몰렸던 제가 발전하면 할수록 그 문은 날로 낮아지고 좁아졌답니다.

저는 인간 세상에서 행복했고, 인간 세상의 일원이 되었다고 느꼈습니다. 과거에서 몰아쳐 오던 폭풍은 잠잠해졌습니다. 지금은 발꿈치를 서늘하게 하는 한 줄기 바람에 불과하지요. 저 먼 곳의 구멍, 바람이 불어 나오는 곳이자 당시 내가 빠져나왔던 그 구멍은 너무나 작아져 버렸습니다. 그래서 설사 그곳까지 달려갈 힘과 의지가 충분하다 하더라도, 이제 그 구멍을 통과하자면 살가죽이 벗겨질 지경이지요.

물론 이런 문제엔 비유를 써야겠지만, 솔직히 말씀드리겠습니다.

회원 여러분, 여러분이 저와 같은 일을 겪으셨다면, 아마도 저만큼 원숭이의 습성을 죄다 버리지는 못했을 겁니다. 물론 작은 침팬지도, 위대한 아킬레우스도, 여기 이 땅을 걷고 있는 모두의 발꿈치는 원숭이였던 과거 탓에 근질대고 있지만 말입니다.

어쨌든 제한된 의미에서는 여러분의 질문에 대답할 수 있을 것 같습니다. 아니, 기쁜 마음으로 대답하겠습니다. 제가 처음 배운 것은 악수였습니다. 악수는 솔직한 마음을 보여 주지요. 그리고 경력의 최고봉에 이른 지금, 저는 그 첫 악수에 솔직한 말까지 덧붙이고자 합니다.

물론 제 말이 학술원에 전혀 새로운 것을 알려 드리지는 못할 것이고, 또 사람들이 저에게 요구했던 답변에도 훨씬 못 미치리라 생각합니다. 하지만 과거의 원숭이였던 제가 인간 세상으로 뚫고 들어와 자리를 잡도록 만든 원칙만은 확실히 보여 드리겠습니다.

만약 제 자신에 대해 완벽한 확신이 없었다거나, 문명 세상의 모든 대형 서커스 무대에서 저의 입지가 흔들림 없이 확고부동해지지 않았다면, 이제부터 털어놓을 하찮은 이야기조차 입 밖에 내지 못했을 것입니다.

저는 황금 해안 출신입니다. 제가 어떻게 해서 사로잡히게 되었는지는 다른 사람들의 이야기를 듣고 알았습니다. 해질 무렵 제가 원숭이 무리와 물을 마시러 갔을 때 하겐베크 회사에 소속된 사냥꾼 무리가—그날 이후 사냥꾼 무리의 대장과 저는 품질 좋은 적포도주를 몇 병 함께 비웠지요.—풀덤불에 매복하고 있었던 겁니다. 그들이 총을 쐈는데 저만 총에 맞았답니다. 두 발을 맞았지요.

한 발은 뺨에 맞았는데 가벼운 상처가 났습니다. 하지만 털이 나지 않는 붉은색 큰 흉터가 남는 바람에, 저는 정말로 원숭이에게나 지어 줄 법한 전혀 어울리지도 않고 마음에도 들지 않는 빨간 피터라는 이름을 얻게 되었지요. 얼마 전에 뒈져 버린, 훈련을 잘 받아 제법 유명한 원숭이 피터와 제가 뺨의 붉은 흉터만 빼고는 다 똑같다는 듯이 말이죠. 뭐, 그냥 그렇다는 이야기입니다.

두 번째 총알은 허리 아래쪽에 맞았습니다. 부상이 심해서 지금까지도 다리를 약간 절게 되었죠. 저에 대해 온갖 기사를 신문에 실어 대는 수많은 경솔한 인간들 중 한 놈이 쓴 기사를 최근에 읽은 적이 있습니다. 제 원숭이 본성이 아직 완전히 사라지지 않았는데, 방문객이 올 때마다 좋아라 덩실대며 바지를 벗어 총상을 입은 흉터를 보여 주는 게 그 증거라나요. 그런 글을 쓰는 놈은 손가락을 한 개씩 한 개씩 모조리 총으로 쏴 날려 버려야 합니다.

나는 내가 원하는 사람 앞에서 바지를 벗을 수 있습니다. 그래 봤자 잘 가꾼 털과 흉터, 즉―여기서 오해의 여지가 없도록 특별한 목적을 위해 특정 단어를 골라 봅시다.―그 오만방자한 총질 때문에 생긴 흉터밖에는 볼 게 없을 테니 말입니다. 모든 것이 명명백백합니다. 숨길 거 하나 없지요.

원대한 뜻을 품은 위인들은 진실에 관련된 문제라면 예의범절 따위는 그냥 벗어던져 버리지요. 하지만 글쟁이들이 누가 찾아왔다고 바지를 벗는다면 그건 퍽이나 달라 보일 겁니다. 저는 그가 그런 짓을 하지 않는다는 걸 이성의 신호로 인정할 겁니다. 그러니 그도 세심한 마음으로 저를 더 이상 괴롭히지 않기를 바라는 바입니다.

총에 맞은 후부터 서서히 기억이 나기 시작합니다. 저는 하겐베크 사 소유의 증기선 중갑판(배의 갑판 중에서 가장 크고 으뜸가는 부분—옮긴이)에 있던 우리 안에서 정신이 들었습니다. 네 벽이 전부 쇠창살인 네모난 우리가 아니라, 궤짝에 고정되어 벽이세 개 밖에 없는 우리였습니다. 즉 궤짝이 네 번째 벽이었던 셈이지요. 어찌나 천장이 낮던지 일어설 수도 없었고, 너무 좁아앉아 있을 수도 없었습니다. 그래서 저는 후들거리는 무릎을 구부린 채 계속 웅크리고만 있었습니다.

처음에는 아무도 보고 싶지 않았을뿐더러 어두운 곳에만 있고 싶었기에, 등으로 쇠창살이 파고 들어왔음에도 궤짝 쪽으로 돌아앉아 있었습니다. 인간은 야생 동물을 잡으면 일단 그런 식으로 가두어 두는 게 유익하다고 생각하지요. 저도 여러 가지 경험을 한 지금에는, 인간의 입장에서 실제로 그렇다는 걸 부인할 수 없습니다.

하지만 당시에는 그런 생각을 전혀 하지 못했습니다. 난생처음 출구가 없었던 거지요. 적어도 직선으로는 출구가 없었습니다. 코앞에는 널빤지를 단단하게 하나씩 붙여 만든 궤짝이 있었습니다. 널빤지 사이로 틈이 하나 나 있었는데, 어리석게도 처음 그 틈을 발견하고는 하도 기쁜 나머지 울부짖기까지 했지요. 하지만 그 틈은 꼬리를 밀어 넣을 정도의 공간조차도 되지 않았고, 있는 힘을 다해 벌리려 애를 써 보아도 전혀 벌어지지 않았습니다.

나중에 들은 이야기지만 저는 이상하게도 소란을 피우지 않았답니다. 그래서 사람들은 제가 곧 죽어 나가든가, 아니면 이 첫 위기를 견뎌 내고 훈련에 적응을 아주 잘 하리라 생각했답니다.

저는 이 시기를 견뎌 냈습니다. 소리 죽여 훌쩍이고, 고통을 참으며 벼룩을 잡고, 지친 몸으로 코코넛을 핥고, 궤짝에다 머리를 찧고, 누군가 다가오면 혓바닥을 내보이고…… 이것이 새 인생에서 제가 처음으로 열중한 일이었습니다.

하지만 무슨 짓을 해도 한 가지 느낌밖에는 없었습니다. 출구가 없다는 느낌 말입니다. 물론 지금의 저는 당시 원숭이로서 느꼈던 감정을 인간의 언어로 설명할 수밖에 없습니다. 그래서 설명이 잘못 전달될 수도 있을 겁니다. 그렇지만 설사 제가 해묵은 원숭이의 진리에까지 이를 수는 없다 해도, 적어도 설명의 방향이 진실하다는 점에는 의심할 여지가 없습니다.

지금까지 살면서 너무나 많은 출구가 있었던 제게 이제 단 하나의 출구도 남아 있지 않았습니다. 저를 우리에다 못으로 박아 놓았다 한들, 제가 움직일 수 있는 여지가 그보다 더 없지는 않았을 겁니다.

왜 그랬을까요? 발가락 사이의 살을 상처가 날 때까지 긁는다 한들 그 이유를 알아내지 못했을 겁니다. 또 등이 거의 두 조각이 날 때까지 쇠창살을 밀어 대도 그 이유를 알아내지 못했을 겁니다. 저는 출구가 없었지만 출구를 만들어야 했습니다. 그게 없으면 살 수가 없었으니까요. 언제까지나 궤짝 벽에 붙어 있어야만 했다면 전 틀림없이 죽고 말았을 겁니다.

하지만 하겐베크 사람들에게는 원숭이도 궤짝 벽의 일부였습니다. 그래서 전 그만 원숭이이기를 포기하고 말았습니다. 총명하고 멋진 아이디어였지요. 배에서 나온 생각이 틀림없습니다. 원숭이는 배로 생각하니까요.

제 말 중에 출구라는 단어를 여러분이 정확하게 이해하지 못할까 봐 두렵습니다. 저는 그 단어를 가장 평범하고, 가장 완벽한 의미로 사용하고 있습니다. 자유라는 말은 일부러 쓰지 않았습니다. 제가 말하고자 하는 건 사방팔방으로 자유로운, 그 원대한 자유라는 감정이 아닙니다. 원숭이였을 때는 그런 감정을 알았을지도 모르지요. 그런 자유를 꿈꾸는 사람들을 만나 본 적도 있으니까요.

하지만 저로 말씀드리자면, 저는 당시나 지금이나 자유를 원치 않습니다. 다른 말이긴 하지만, 사람들은 자주 자유를 이용해 서로를 속입니다. 자유가 가장 고귀한 감정에 속한다면, 그와 관련된 거짓 역시 가장 고귀한 감정에 속하겠지요.

서커스에서 제 차례가 되기 전, 저는 종종 천장의 공중 그네에서 분주하게 움직이는 한 쌍의 곡예사를 쳐다보았습니다. 그들은 왔다 갔다 올라갔다 내려갔다 하다가 풀쩍 뛰기도 하고, 서로의 팔에 매달려 떠 있기도 했으며, 한쪽이 다른 쪽의 머리카락을 이빨로 물어 붙들고 있기도 했습니다.

'교만한 움직임, 저것도 인간의 자유로구나.'

저는 그렇게 생각했습니다. 성스러운 자연을 조롱하는 짓이 아닌가요! 이런 광경을 보고 터진 원숭이의 폭소 앞에서는 그 어떤 건물도 남아나지 못할 겁니다.

아니, 전 자유를 원치 않았습니다. 그저 하나의 출구만을 원했지요. 왼쪽이나 오른쪽, 아니면 어디든. 다른 요구는 하지 않았습니다. 설사 그 출구마저 착각이었다 하더라도, 워낙 요구 사항이 작았기에 더 심한 착각은 하지 않았을 겁니다.

조금 더 앞으로, 앞으로! 상자 벽에 짓눌려서 팔을 쳐들고 제자리에 서 있지만 않는다면 뭐든 다 좋았습니다.

지금에야 확실히 보입니다. 마음의 안정이 없었다면 결코 그 상황에서 벗어나지 못했을 거라는 사실을 말입니다. 실제로 지금의 제가 있게 된 건 모두 그 배에 도착하고 나서 며칠 후에 밀려들던 마음의 안정 덕분이었을지 모릅니다. 그리고 그 마음의 안정은 무엇보다 뱃사람들 덕분이었지요.

어쨌거나 좋은 사람들이었습니다. 당시 선잠에 빠진 내 귓가에 울리던 그들의 둔탁한 발자국 소리가 지금도 생생하게 기억납니다.

그들은 모든 것을 너무나 천천히 시작하는 버릇이 있었지요. 눈을 비비고 싶으면 축 늘어진 추를 끌어올리듯 손을 천천히 들어 올렸답니다. 농담은 거칠었지만 진심이 담겨 있었지요. 웃음 속에는, 위험하게 들리지만 사실은 아무것도 아닌 기침이 늘 섞여 있었고요. 그리고 입속에 늘 뱉을 걸 넣어 다니다가 아무 데나 뱉어 댔습니다.

종종 그들은 내 몸에서 벼룩이 옮는다고 투덜댔지만, 그렇다고 해서 진짜로 저한테 화가 난 건 아니었지요. 제 털에서 벼룩이 잘 자라고, 또 벼룩이 멀리 뛰기 선수라는 걸 알고 있었지만, 별 문제 삼지 않았던 겁니다.

비번일 때는 몇 명이 내 주위에 반원을 그리며 앉아 있었습니다. 대화는 거의 하지 않으면서 서로를 향해 웅얼거리기만 했지요. 궤짝 위에 사지를 뻗고 누워 파이프 담배를 피워 댔고, 내가 조금이라도 움직일라 치면 몇몇이 무릎을 탁 쳤습니다. 가끔은 막대기를 들어 내가 시원해할 만한 부위를 긁어 주기도 했지요.

지금 저에게 그 배를 다시 타자고 권한다면 절대로 초대에 응하지 않겠지만, 그렇다고 그 배의 중갑판에서 나쁜 기억만 남은 건 분명 아니었습니다.

이 사람들과 어울리며 제가 느꼈던 마음의 안정은 무엇보다도 도망가고자 하는 시도를 막아 주었습니다. 지금 돌이켜 보면 적어도 출구를 찾아야 살아남을 수 있겠지만, 도망친다고 해서 그 출구를 찾을 수 있는 건 아니라는 걸 예감했던 것 같습니다. 도망이 가능했을지는 모르겠지만, 제 생각에 원숭이라면 언제든 도망칠 수 있었을 겁니다. 현재의 이빨로는 보통의 호두를 까려고 해도 조심조심해야 하지만 당시에는 시간만 충분하다면 자물쇠도 물어뜯을 수 있었을 테니까요.

하지만 저는 그러지 않았습니다. 그런다고 무엇을 얻겠습니까? 머리를 밖으로 내밀자마자 다시 잡혀서 이번에는 더 형편없는 우리에 갇혔을 겁니다. 아니면 아무도 모르게 다른 동물들, 예를 들어 맞은편 우리에 갇힌 큰 구렁이들한테로 도망을 쳤다가 그놈들의 품에 안겨 생을 마감할 수 있었겠지요. 그도 아니면 사람들의 눈을 피해 갑판에 올라 바다로 뛰어들어서는, 잠시 망망대해에 떠 있다가 익사했을지도 모릅니다.

다 절망의 몸부림일 뿐이지요. 인간들처럼 계산을 한 건 아니었지만, 어쨌든 저는 주변의 영향으로 마치 계산한 것처럼 행동하게 되었던 겁니다.

계산적이진 않았지만, 저는 사람들을 아주 차분하게 관찰했습니다. 사람들이 늘 같은 얼굴, 같은 동작으로 왔다 갔다 하는 바람에 가끔은 모두 한 사람인가 하는 생각이 들 정도였습니다. 그러니까 그 사람 혹은 그 사람들은 아무런 방해도 받지 않고 돌아다니고 있었던 겁니다.

높은 목표가 어렴풋하게 떠올랐습니다. 아무도 제게 그들처럼 된다면 쇠창살이 열릴 거라고 약속하지 않았습니다. 아무도 실행이 불가능해 보이는 그런 약속을 한 적은 없었지요. 하지만 성공을 하고 나면 나중에 약속이 따라오는 법입니다. 불가능해 보이던 바로 그 지점에서 말입니다.

그 사람들 자체로는 제 마음을 끌어당기는 매력이 전혀 없었습니다. 제가 앞에서 언급했던 자유의 추종자였더라면, 그 사람들의 흐릿한 시선에서 보이던 출구보다는 차라리 망망대해를 택했겠지요. 하지만 저는 그런 생각을 하기 전부터 그들을 오랫동안 관찰했습니다. 그리고 그렇게 관찰이 쌓이다 보니 비로소 하나의 방향을 따라 행동하게 되었던 겁니다.

사람들을 따라 하기란 아주 쉬운 일이었습니다. 침은 며칠 지나지 않아서부터 쉽게 뱉을 수 있었지요. 우리는 서로의 얼굴에 침을 뱉었습니다. 그들과 저의 차이점이 있다면 단 하나, 저는 나중에 얼굴을 깨끗하게 핥았지만 그들은 그러지 않았다는 것뿐이었습니다.

얼마 안 가 저는 노인처럼 파이프 담배를 피울 수 있게 되었습니다. 제가 엄지손가락을 파이프 대통에 밀어 넣고 꾹꾹 누르는 데 성공했을 때, 중갑판 전체에 환호성이 울려 퍼졌지요. 다만한 가지, 저는 빈 파이프와 담배가 들어 있는 파이프의 차이점을 한참 동안 이해하지 못했습니다.

제일 힘들었던 건 럼주병이었습니다. 냄새가 무지무지 고약했거든요. 젖 먹던 힘까지 다 해서 억지로 참아 보려 했지만 극복하기까지 몇 주가 걸렸습니다. 이상하게도 사람들은 예전 그어떤 것보다도 제가 겪는 내면의 투쟁을 더 심각하게 받아들였습니다.

당시 선원들 중 누가 누구인지 정확하게 구별할 수는 없지만, 계속해서 저를 찾아오던 한 남자가 기억납니다. 혼자서 오거나 동료 선원들이랑 같이 오곤 했는데, 밤낮을 가리지 않고 제 좋은 시간에 멋대로 찾아오곤 했었지요. 그는 술병을 들고 제 앞에 자리를 잡고 앉아 수업을 시작했습니다. 미처 파악하지 못한제 존재의 수수께끼를 풀고 싶어 했던 겁니다.

그는 럼주병의 코르크 마개를 천천히 뽑아내고는 제가 이해했는지 시험하기 위해 저를 가만히 쳐다보았습니다. 고백하건대 저는 늘 산만하게 굴긴 했지만, 왕성한 호기심을 갖고 그의행동을 지켜보았지요. 세상을 통틀어 그 어떤 인간 선생님도 그런 인간 학생을 찾지는 못할 겁니다.

병의 코르크 마개가 뽑히면 그는 병을 들어 입으로 가져갔고, 그러면 제 눈길이 그를 좇아 그의 목까지 따라가게 됩니다. 그러면 그는 제 행동에 만족하여 고개를 끄덕이며 병을 입술에 갖다 대지요. 저는 차츰 밀려드는 깨달음에 황홀하여 끽끽대면서 제 몸 손 닿는 곳 여기저기를 마구 긁어 댔고, 그러면 그는 즐거워하며 술병을 기울여 한 모금 마십니다. 그를 따라 하고 싶어서 안달이 나 절박함을 느낀 저는 제가 갇힌 우리를 마구 더럽히고, 그러면 더욱 큰 만족감을 느낀 그는 술병을 앞으로 쭉 뻗어 다시금 휙 들어 올리지요.

그러고는 과장된 몸짓을 보여 주며 고개를 뒤로 젖힌 채 단숨에 병을 비우고 맙니다. 저는 너무 지나친 욕구에 지쳐 버린 나머지 더 이상 따라 할 수가 없어 힘없이 창살에 매달리고, 그는 그제야 배를 쓰다듬으며 히죽 웃는 것으로 이론 교육을 마칩니다.

실습은 그다음에 시작됩니다. 이론 교육 때문에 제가 너무 지친 건 아닐까요? 어쩌면 너무 지쳐 버렸던 건지도 모릅니다. 그게 제 운명이겠지요. 기진맥진했음에도 불구하고 저는 그가 내민 술병을 있는 힘껏 붙잡습니다. 그리고 떨리는 손으로 코르크 마개를 뽑습니다. 마개를 뽑고 나면 점차 새로운 힘이 솟아납니다. 저는 원래 술병과 거의 구분되지 않는 빈 술병을 들어 입으로 가져가고……

그리고 역겨워서, 너무나 역겨워서 술병을 집어 던집니다. 술병은 텅 비어 그 안에 든 거라곤 냄새밖에 없는데도 저는 역겨워서 술병을 바닥에 내팽개치지요. 선생님이 슬퍼합니다. 제 자신은 더욱 슬픕니다. 술병을 집어 던지고 나서 잊지 않고 멋지게 배를 쓰다듬으며 히죽 웃지만, 그것만으로는 선생님과 저의 마음을 달래기에 부족합니다.

수업은 너무나도 자주 그런 식으로 진행되었습니다. 선생님의 명예를 더럽히지 않기 위해 말씀드립니다만, 선생님은 저에게 절대로 화를 내지 않았습니다. 때때로 불이 붙은 담배를 제 털에 갖다 대기는 했지만, 제 손이 닿기 힘든 곳에서 털이 타기 시작하면 직접 그 멋지고 큼직한 손으로 불을 꺼 주었지요. 그는 저에게 화를 내지 않았습니다. 원숭이의 본성과 싸우는 전쟁에서 우리는 내내 같은 편이며, 제가 더 힘든 역할을 맡고 있다는 사실을 꿰뚫어 보았던 것입니다.

그러던 어느 날 밤, 그에게도 저에게도 엄청난 승리가 찾아왔습니다. 관객이 많이 모인 날이었습니다. 아마 파티가 열렸던 모양입니다. 축음기에서 음악이 흘러나오고 선원들 틈에 장교 하나가 돌아다니고 있었지요.

그날 밤, 아무도 저한테 관심을 보이지 않던 바로 그 순간, 누군가 우리 앞에 실수로 세워 둔 술병을 제가 집어 들었습니다. 사람들의 관심이 커지는 가운데 저는 배운 대로 마개를 뽑고 술병을 입으로 가져갔지요. 그리고 얼굴을 조금도 찡그리지 않은 채 진짜 술꾼처럼 눈알을 데굴데굴 굴리고 꿀꺽꿀꺽 목울대를 울리며, 정말로 거침없이 술 한 병을 완전히 다 비워 버렸습니다.

그러고 나서 될 대로 돼라는 식이 아니라, 예술가처럼 술병을 획 집어 던졌지요. 물론 흥분한 나머지 배를 쓰다듬는 걸 잊고 말았습니다. 하지만 그 대신 완벽한 발음으로 짧게 외쳤습니다.

"안녕!"

물론 인간의 말로 외쳤지요. 달리 방법이 없었고, 충동이 일었으며, 정신이 몽롱했기 때문이었습니다. 그 외침과 더불어 저는 인간 사회로 뛰어들었습니다.

"들어 봐, 저놈이 말을 했어!"

이 외침의 메아리가 땀으로 뒤범벅된 저의 온몸에 키스처럼 와 닿았지요.

다시 한 번 말하지만 인간들을 따라 하고 싶은 유혹을 느껴서가 아니었습니다. 제가 그들을 따라 한 건 출구를 찾기 위해서일 뿐 다른 이유는 없었습니다. 하지만 그날의 승리로도 아직 충분하지 않았습니다. 인간의 목소리는 금방 다시 수그러들었고, 몇 달이 지난 후에야 다시 나타났으니까요. 술병에 대한 혐오감은 더욱 심해졌습니다. 하지만 제가 가야 할 방향은 이제 확실해졌습니다.

함부르크에 도착해서 첫 조련사에게 넘겨졌을 때 저는 금방 깨달았습니다. 저에게 열려 있는 가능성은 동물원과 서커스, 이

두 가지라는 것을 말이지요. 저는 망설이지 않았습니다. 그리고 제 자신에게 말했습니다.

"최선을 다해 서커스단에 가도록 하자. 그게 출구야. 동물원은 또 다른 우리일 뿐이야. 그곳에 가게 되면 끝장이야."

이렇게 말이지요.

회원 여러분, 그리고 전 배웠습니다. 그럴 수밖에 없다면, 출구를 원한다면 배우게 되는 법입니다. 있는 힘을 다해 배우게 되지요. 채찍을 들고 스스로 제 자신에 대한 감시를 게을리 하지 않았습니다. 조금이라도 반항할라치면 사정없이 채찍을 휘둘렀지요. 그러자 원숭이 본성은 미쳐서 굴러 넘어지듯 제 몸 밖으로 나가 달아나 버렸습니다. 그 바람에 놀란 제 첫 번째 선생님은 거의 원숭이가 되다시피 하여 이내 수업을 중단하고는 정신 병원으로 끌려가셨지요. 다행히 금방 퇴원을 하셨답니다.

그 뒤로도 저는 여러 명의 선생님을 만났습니다. 심지어 몇 명의 선생님에게 동시에 배우기도 했지요. 제 능력에 확신이 서고, 많은 사람들이 제 발전을 관심 있게 지켜보았으며, 제 미래가 환하게 빛나기 시작했을 즈음에는 제가 직접 선생님을 골라서 초청했지요. 그리고 그들을 나란히 붙은 다섯 개의 방에 앉혀 놓고, 쉬지 않고 이 방 저 방을 뛰어다니며 계속해서 배웠습니다.

그 눈부신 진보! 깨어나는 두뇌를 향해 사방에서 밀려들던 그 지식의 빛! 행복했음을 부인하지 않겠습니다. 하지만 또한 고백하건데, 전 그것을 과대평가하지도 않았습니다. 지금도 그렇지만, 이미 당시에도 그랬지요.

저는 지금껏 지상에서 유례가 없을 만큼의 엄청난 노력을 통해 유럽인의 평균 교양에 도달했습니다. 실은 그런 사실이 그 자체로는 아무것도 아닐는지도 모르겠습니다.

하지만 저를 우리에서 나올 수 있도록 도와주었다는 점에서, 그리고 특별한 출구, 즉 인간으로 향하는 출구를 제게 마련해 주었다는 점에서는 큰 의미가 있다고 할 수 있겠지요.

'슬쩍 달아나다'라는 말이 있습니다. 제가 바로 그렇게 했습니다. 저는 슬쩍 달아났습니다. 자유를 선택할 수는 없다는 전제를 깔고 보면, 다른 대안이 없었던 거지요.

저의 발전과 지금까지의 목표를 살펴보며 저는 불평도 만족도 하지 않으렵니다. 저는 바지 호주머니에 손을 찌르고, 식탁에 와인 병을 올려놓고서, 흔들의자에 반은 눕고 반은 앉아서 창밖을 내다봅니다. 누가 찾아오면 예의를 갖추어 맞이하지요. 종을 치면 거실에 앉아 있는 매니저가 와서 시중을 듭니다. 밤마다 공연이 없을 때가 거의 없습니다. 이미 전 더 이상 오를 데가 없을 정도로 성공을 거둔 셈입니다.

밤늦은 시각, 연회나 학회, 부담 없는 모임을 마치고 집으로 돌아오면 반쯤 훈련을 마친 어린 암컷 침팬지가 저를 기다리고 있습니다. 저는 원숭이가 하듯 그녀 옆에서 편안하게 휴식을 취

합니다. 하지만 낮에는 그녀를 보고 싶지 않습니다. 그녀의 시선에서 훈련으로 인해 머리가 뒤죽박죽되어 버린 동물의 정신착란 증세가 보이기 때문이지요. 물론 저만 알아볼 수 있는 증세지만, 저는 도저히 참을 수가 없습니다.

어쨌든 전체적으로는 이루고 싶은 만큼 이루었습니다. 그렇게까지 노력할 만한 가치는 없었다고 말하는 사람도 있겠지요. 하지만 전 인간의 판단을 원치 않습니다. 저는 그저 지식을 전파하고 싶을 뿐입니다. 그래서 그저 보고를 드릴 따름이지요.

존경하는 학술원 회원이신 여러분께도, 그저 보고를 드렸을 뿐입니다.

제 5 편

단식 광대

지난 몇 십 년 동안 단식 광대에 대한 관심이 눈에 띄게 줄었다. 예전에는 그런 식의 대규모 공연을 독자적으로 기획할 수 있었지만 요즘에는 거의 불가능한 일이 되었다.

그때는 지금과는 다른 시대였다. 당시에는 온 도시가 단식 광대에게 관심을 가졌다. 굶는 날이 늘어 갈수록 관심도 높아졌다. 누구나 적어도 하루에 한 번은 단식 광대를 보고 싶어 했고, 나중에는 단식 광대가 들어간 작은 우리 앞에 하루 종일 죽치고 앉아 있는 예약자들까지 생겨났다.

밤에도 관람이 가능했는데, 효과를 높이기 위해 횃불을 켜 두곤 했다. 화창한 날에는 우리를 야외로 옮겼고, 그럴 땐 특별히 아이들이 단식 광대의 관람객이었다. 어른들은 단식 광대를 유행하는 볼거리 정도로 생각했지만, 아이들은 놀라서 벌린 입을 다물지 못했다. 겁을 먹고 서로 손에 손을 잡은 아이들은 창백한 얼굴에 착 달라붙는 검은 옷을 입고 갈비뼈가 툭 불거진 단식 광대를 신기하게 쳐다보곤 했다.

단식 광대는 의자마저 거부하고 흩어 놓은 짚더미 위에 앉아 있었다. 때로는 공손하게 고개를 끄덕이기도 하고, 긴장한 표정으로 미소를 머금은 채 질문에 대답을 하기도 하고, 자신이 얼마나 말랐는지 만져 보라며 창살 사이로 팔을 뻗기도 했다.

하지만 그러고 나면 다시 자신만의 생각에 빠져들어 누구에게도 아랑곳하지 않았다. 심지어 그에게 아주 중요한 시계의 종소리에조차 관심을 보이지 않았다. 시계가 우리 안에 들어 있는 유일한 가구였는데도 말이다. 그는 눈을 거의 감은 채 멍하니 앞만 응시했고, 가끔씩 입술을 축이느라 작은 잔으로 물을 홀짝거리기만 했다.

관객들 중에서 선발되어 줄곧 광대를 감시하는 감시꾼들도 있었다. 이상하게도 이들 감시꾼은 대개가 도축업자였는데, 언제나 셋이서 짝을 지어 단식 광대가 혹시라도 몰래 음식을 먹지는 않는지 밤낮으로 감시하는 임무를 맡았다.

하지만 그건 그저 관객들을 안심시키기 위한 형식적인 절차일 뿐이었다. 단식 광대가 단식 기간 동안에는 절대로, 어떤 상황에서도, 설사 누군가 강요를 할지라도, 단 한입의 음식에조차 입을 대지 않는다는 건 아는 사람이라면 다 아는 사실이었다. 그건 그가 추구하는 예술의 명예를 위해 금지되었기 때문이다.

하지만 모든 감시꾼이 그 사실을 알 수는 없었다. 그래서 야간 감시꾼 중에는 일부러 멀리 떨어진 구석 자리에 모여 앉아 카드 게임에 푹 빠진 채 감시를 아주 소홀히 하는 사람들도 가끔 있었다. 그들의 의도는 누가 봐도 확실했다. 단식 광대가 아무도 모르는 장소에 숨겨 놓았을 음식을 꺼내 먹을 수 있도록 살짝 모른 척해 주려는 것이었다.

단식 광대를 가장 괴롭히는 존재가 바로 그런 감시꾼들이었다. 그들은 광대의 기분을 우울하게 만들었으며 단식 또한 엄청나게 힘든 상황으로 몰아넣었다. 그래서 그는 때때로 감시꾼들의 넘겨짚음이 얼마나 부당한지 보여 주기 위해, 허약한 몸 상태를 견디며 단식을 유지할 수 있는 선에서 노래를 불렀다. 하지만 그 방법도 별 도움이 되지 않았다. 그들은 그저 노래를 부르면서 음식을 먹을 수 있는 광대의 기술에 감탄했을 뿐이니 말이다.

오히려 홀의 침침한 야간 조명에 만족하지 못하고, 우리에 바짝 붙어 앉아 매니저가 마련해 준 손전등으로 그를 비추며 관찰하는 감시꾼들이 훨씬 더 나았다. 손전등에서 쏟아지는 눈부신 빛도 전혀 방해가 되지 않았다. 어차피 잠들지 못할 테니 말이다. 대신 살짝 조는 건 언제든 할 수 있었다. 밝은 빛이 쏟아져도, 어떤 시간에도, 사람으로 꽉 찬 시끄러운 홀에서조차도.

그는 의심 많은 야간 감시꾼들과 밤새 한숨도 자지 않고 보낼 각오가 충분히 되어 있었다. 그들과 농담을 주고받고, 방랑하던 지난 시절의 이야기를 들려주고, 그리고 그들의 이야기에도 귀를 기울일 준비가 되어 있었다.

그 모든 건 그저 그들이 잠들지 못하게 막기 위해서였고, 그들에게 우리 안에는 먹을 것이 전혀 없다는 사실을 알리기 위해서였으며, 자신이 그들 중 누구도 하지 못할 단식을 하고 있다는 것을 거듭 보여 주기 위해서였다.

그가 가장 큰 행복을 느끼는 시간은 다음 날 아침, 날이 새고 나서 그의 돈으로 감시꾼들에게 풍성한 아침 식사를 제공할 때였다. 그러면 감시꾼들은 힘들게 밤을 새운 건강한 남자의 식욕으로 음식을 향해 달려들었다.

이런 아침 식사가 감시꾼들에게 지나친 영향력을 행사한다고 생각하는 사람들도 있었지만, 그건 너무 멀리까지 간 생각이었다. 사람들이 야간 감시꾼에게 아침 식사 없이 감시를 위해서만 야간 감시를 맡겠느냐고 물으면 대부분은 얼굴을 찌푸렸다. 그러면서도 정작 의심은 버리지 못했다.

이런 의심은 단식 그 자체와 떼려야 뗄 수 없는 관계이기도 했다. 아무도 밤낮으로 쉬지 않고 단식 광대를 감시할 수는 없었기 때문에, 정말로 그가 단식을 중단하지 않고 완벽하게 굶는지 제 눈으로 확인할 수 있는 사람은 없었다. 그걸 알 수 있는 사람은 단식 광대 자신뿐이었고, 따라서 그만이 자신의 단식에 완벽하게 만족하는 유일한 관객이었다.

하지만 그는 다른 이유에서 결코 자신에게 만족하지 못했다. 그는 많은 사람들이 안쓰러운 마음에 그의 공연을 멀리할 수밖에 없을 정도로 말라비틀어졌는데, 그가 그렇게 마른 이유는 어쩌면 단식 때문만이 아닌지도 몰랐다. 사실 그가 그렇게 마른 건 자신에 대한 불만 때문이기도 했다. 단식이 얼마나 쉬운 일인지는 그 혼자만 알고 있는, 공연의 내막을 잘 아는 사람들조차 모르는 사실이었으니까.

그에게 단식은 세상에서 가장 쉬운 일이었다. 그 사실을 숨긴 것도 아니건만, 사람들은 그의 말을 믿지 않았다. 마음씨 좋은 사람들도 기껏해야 그를 겸손하다고 생각했고, 대부분은 광고에 미쳤다고 생각하거나, 심한 경우 단식의 방법을 터득하고 그 사실을 넌지시 자랑하는 얼굴 두꺼운 사기꾼 취급을 했다.

그는 이 모든 것을 감수해야 했다. 세월이 흐르면서 익숙해지긴 했지만 마음 깊은 곳에선 늘 이런 불만이 그를 괴롭혔다. 그래서 그는 단식 기간이 끝나서 단식을 마쳤다는 증명서를 발급받고도, 결코 자발적으로 우리를 떠나려 하지 않았다.

그의 매니저는 단식의 최장 기간을 사십 일로 정해 두었다. 그 이상은 절대로 단식을 허용하지 않았다. 대도시에서도 마찬가지였는데, 거기에는 타당한 이유가 있었다. 경험으로 미루어 약 사십 일 동안은 광고를 자꾸 늘려서 도시 전체의 관심을 점점 더 높일 수 있지만, 그 기간이 지나고 나면 관객들의 호응이 눈에 띄게 줄어들 뿐 아니라 거부감까지 표시한다는 사실을 확인할 수 있었던 것이다. 물론 도시와 시골이 약간의 차이는 있었지만, 일반적으로 사십 일이 최장 기간으로 통했다.

사십 일째 되는 날이면 꽃으로 장식한 우리의 문이 열리고 환호하는 관객들이 원형 극장을 가득 메웠다. 군악대가 연주를 시작하고, 두 명의 의사가 우리로 들어가 단식 광대에게 필요한 검사를 했으며, 확성기를 통해 검사 결과를 모두에게 알렸다.

그리고 마지막으로 자신이 선발되었다는 사실에 기뻐 어쩔 줄 모르는 두 명의 젊은 여성이 단식 광대를 우리에서 꺼내 몇 계단 아래로 안내했다. 그곳에는 정성껏 준비한 환자용 식사가 작은 식탁에 차려져 있었다.

하지만 마지막 순간에 단식 광대는 늘 저항을 하곤 했다. 허리를 굽힌 숙녀들이 도와줄 요량으로 그를 향해 내민 손에 자신의 앙상한 팔을 자진해서 올려놓기는 했지만, 일어서려고 하지는 않았다.

왜 사십 일이 지난 지금 단식을 그만둔단 말인가? 더 오래, 무한정 계속할 수 있는데 말이다. 하필이면 왜 단식이 최고조에 오른 지금, 아니 아직 최고조에 오르지도 못한 지금 그만둔단 말인가? 단식을 더 할 수 있는 영광을, 이미 그가 도달한 역사상 가장 위대한 단식 광대의 자리뿐 아니라 자신을 뛰어넘어 불가사의한 경지로 나아가는 영광을 왜 사람들은 그에게서 앗아 가려는 걸까? 단식 능력이라면 한계를 모르는 그인데 말이다.

그에게 감탄을 보내는 척하는 군중들은 왜 인내심이 그렇게도 부족한 걸까? 그가 계속 배고픔을 참겠다는데 왜 그들이 그걸 참지 못하는 걸까? 피곤해서 짚더미 위에 편안하게 앉아 있는 그에게, 왜 상상만 해도 구역질이 날 것 같은 음식을 먹으라고 강요하는 걸까? 오로지 숙녀분들에 대한 배려 차원에서 구역질을 애써 참고 있는데 말이다.

그는 고개를 들어 친절해 보이지만 실은 아주 잔혹한 여성의 눈을 쳐다보았고, 허약한 목 위에 자리 잡은 무거운 머리를 흔들었다. 하지만 그러고 나면 늘상 같은 일이 반복되었다. 음악 때문에 말을 나눌 수 없었기에, 말없이 다가온 매니저가 단식 광대의 머리 위로 팔을 치켜드는 것이다. 마치 하늘에게 여기 와서 지푸라기 위에 앉아 있는 그의 작품을 한번 보라고 초대하는 듯이 말이다. 불쌍한 순교자, 실은 단식 광대라는 전혀 다른 의미의 순교자를.

그리고는 단식 광대의 가는 허리를 붙들고, 그를 부서지기 쉬운 물건인 양 지나칠 정도로 조심히 다루었다. 그는 제 몸을 가

누지 못하는 단식 광대의 다리와 상체가 이리저리 흔들리도록 아무도 모르게 살짝 단식 광대를 흔든 다음, 얼굴이 백지장처럼 하얗게 질려 버린 여성들에게 넘겨주었다.

단식 광대는 그 모든 것을 꾹 참았다. 머리는 가슴에 파묻고 있었는데, 머리통이 굴러떨어져서 신기하게도 가슴에 딱 붙어 있는 꼴이었다. 빈 껍데기와 다름없는 몸은 자기 보존 욕구 때문에 무릎을 딱 붙이고 있었지만, 땅바닥이 어디 있는지 찾기라도 하는 듯 연신 다리로 바닥을 긁어 댔다.

몸무게라야 얼마 되지는 않았지만, 단식 광대가 몸의 무게를 전부 한쪽 여성에게 싣는 바람에 그 여성은 도움을 청하며 숨을 헐떡였다. 그녀는 이 명예로운 임무가 이런 것인 줄 상상도 하지 못했다. 적어도 자신의 얼굴과 단식 광대의 얼굴이 맞닿는 건 피해 보려고 고개를 최대한 빼들고 있었지만 뜻대로 되지 않았고, 자기보다 운이 좋은 동료는 그녀를 도와주기는커녕 좋아라 하는 표정만 짓고 있었다.

결국 그녀는 작은 뼈들을 묶어 놓았다고 해도 될 만한 단식 광대의 손을 쳐들고 몸을 부들부들 떨면서 지나가다가, 홀에 모인 사람들의 열광적인 웃음소리에 그만 울음을 터트리고 말았다. 그 바람에 오래전부터 대기하고 있던 하인 한 명이 그녀와 교대를 해 주었다.

그다음으로 음식이 나왔다. 매니저는 실신과 흡사한 잠에 빠져 있던 단식 광대의 입에 음식을 조금씩 흘려 넣었고, 단식 광대의 몸 상태에 호기심을 보이는 관객들의 관심을 딴 곳으로 돌리기 위해 익살맞은 이야기를 떠들어 댔다. 그리고 매니저는 단식 광대가 그에게 속삭였다고 하면서 관객들에게 건배를 제의했고, 군악대의 연주가 이 모든 것을 다시 한 번 확인하고 나면 모두들 뿔뿔이 흩어졌다.

그 누구도 불만을 가질 권리가 없었다, 그 누구도. 단 한 사람, 단식 광대만 빼고. 늘 그 하나만 불만이었다.

오랜 세월 그는 정기적으로 짧은 휴식기를 가지면서 그런 식으로 살았다. 허울 좋은 영광을 누리고, 세상의 존경을 받으면서. 그럼에도 그는 대부분 우울한 기분이었고, 아무도 그 기분을 진정으로 이해하지 못한다는 사실에 우울함은 날로 더해 갔다. 무엇으로 그를 위로한단 말인가? 그에게 더 바랄 게 무엇이 있었겠는가?

어느 날 어떤 마음씨 착한 사람이 그를 위로하며 그가 슬픈 건 단식 탓이라고 말하자, 단식 광대가 버럭 화를 내면서 짐승처럼 우리를 잡고 마구 흔들어 대는 바람에 다들 혼비백산한 적이 있었다. 특히 단식을 오래 했을 때 그런 일이 일어나곤 했다.

하지만 매니저에게는 그런 상황에 대비해서 자주 써먹는 임기응변이 있었다. 매니저는 모여 있는 관객들 앞에서 단식 광대를 용서하자고 하며, 그의 행동은 배부른 인간으로서 도저히 이해하지 못할 단식으로 인한 예민함 때문이라고 고백했다. 그리고 이어서 역시나 단식 광대의 주장을 입에 올렸다. 자신이 지금보다 더 오랫동안 단식을 할 수 있다는 단식 광대의 주장을 말이다.

매니저는 그 주장에 담긴 숭고한 노력과 투철한 의지, 위대한 자기 부정을 칭송했다. 하지만 그와 동시에 팔고 있던 사진들을 관객들에게 보여 줌으로써 아주 간단하게 단식 광대의 주장을 반박하려 했다. 단식 사십 일째에 접어든 단식 광대가 기력이 빠져 거의 죽은 듯 침대에 누워 있는 사진이었다.

단식 광대는 익히 알고 있지만 들을 때마다 새삼 기운이 빠지는 이런 식의 진실 왜곡을 좀처럼 감당하기가 힘들었다. 단식을 너무 일찍 중단함으로써 생긴 결과를 원인처럼 설명하다니! 하지만 이런 몰상식에 대항하여, 나아가 이런 몰상식한 세상에 대항하여 싸우는 건 불가능했다. 그는 번번이 굳은 믿음으로 창살에 매달려 매니저의 말에 귀를 기울였지만, 매번 사진이 등장할 때면 한숨을 쉬며 다시 짚더미에 주저앉았다. 그럼 안심이 된 관객들이 다시 그의 곁으로 다가와 그를 관람할 수 있었다.

그런데 이 같은 장면을 목격한 증인들도, 몇 년 후 다시 그때를 돌이켜 보면서 그런 일이 있었는지 스스로 의심하는 시절이 되었다. 그사이에 급격한 변화가 일어났다. 거의 갑작스럽다고 할 만했다. 갑작스런 변화에는 더 깊은 이유가 있겠지만, 누가 나서서 그 이유를 찾아내겠는가?

관객의 사랑을 듬뿍 받던 단식 광대는 어느 날 즐거움을 찾아 헤매는 관객들이 그를 버리고 다른 구경거리로 몰려갔다는 사실을 깨달았다. 혹시나 옛날의 관심을 되찾을 수 있지 않을까 하는 마음에 단식 광대는 매니저와 함께 유럽의 절반을 돌아다녔지만 전부 소용이 없었다. 비밀 협약이라도 맺은 듯 어디를 가나 단식 행사에 대해 거부감을 표시했다.

물론 실제로 그런 일이 갑작스럽게 찾아올 수는 없었다. 그제야 성공에 도취되어 있던 시절에 충분히 주의하거나 대비하지 않았던 많은 징조들이 떠올랐다. 하지만 이제 무엇을 해 보기에는 이미 늦었다. 살다 보면 언젠가 다시 단식의 시대가 올 거라는 확신은 있었지만, 지금 당장 살아가야 하는 단식 광대에게는 위안이 되지 못했다.

이제 단식 광대는 무엇을 해야 할까? 수천 명의 관객에게 환호성을 받던 그가 작은 야시장의 임시 무대에 오를 수는 없었다. 그렇다고 다른 직업을 찾기에는 나이가 워낙 많을뿐더러, 무엇보다 그는 단식에 광적으로 빠져 있었다.

그래서 그는 평생의 동지였던 매니저와 작별하고 대형 서커스단에 들어갔다. 그는 자신의 섬세한 감성을 다치지 않기 위해 계약 조건조차 살피지 않았다.

대형 서커스단은 무수히 많은 사람과 동물, 기구들이 서로를 보충하고 보완하기 때문에 누구든지, 언제나 쓸모가 있었다. 그건 단식 광대도 마찬가지였다. 물론 요구가 지나치지만 않다면 말이다. 더구나 그는 사람만 보고 고용한 게 아니라, 한때 유명했던 그의 이름값까지 고려해서 고용한 특별한 경우였다.

그랬다. 그의 기술은 특이하게도 나이가 아무리 들어도 줄어들지 않았기 때문에, 그 누구도 그를 보고 더 이상 최고의 능력을 발휘하지 못하는 한물간 예술가가 서커스의 한적한 자리를 찾아 도피하려 한다고 말하지 못했다.

오히려 그 반대였다. 단식 광대는 과거와 마찬가지로 단식을 잘 할 수 있다고 장담했고, 그런 그의 말은 신빙성이 아주 높았다. 그는 심지어 그의 뜻에 맡겨만 준다면 이제야말로 세상을 제대로 한 번 놀라게 만들겠다고 주장했고, 단원들은 즉각 그의 뜻에 맡기겠노라고 약속했다. 하지만 단식 광대가 흥분하는 바람에 모두들 순간적으로 잊고 있던 시대의 분위기를 고려하면, 전문가들의 비웃음밖에는 사지 못할 주장이었다.

물론 근본적으로는 단식 광대 역시 시대의 흐름을 전혀 파악하지 못한 건 아니었다. 그래서 단원들이 그가 있는 우리를 서커스 원형 공연장의 한가운데가 아니라 공연장 바깥의 동물 우리 옆, 정말 아무나 들락거릴 수 있는 곳에다 놓아두었는데도 당연한 듯 받아들였다. 단원들은 알록달록하게 색칠한 큰 글귀들로 그의 우리를 빙 둘러싸서, 그곳에 무슨 볼거리가 있는지를 소개했다.

공연이 쉬는 시간이면 수많은 관객들이 동물을 보려고 동물 우리로 몰려가곤 했다. 관객들은 거의가 단식 광대 우리 곁에서 잠시나마 발길을 멈추지 않을 수 없었다. 동물 우리로 가는 좁은 통로가 왜 막혀 있는지 이해하지 못하는 뒷사람들이 마구 밀어 대지만 않았더라도, 관객들은 단식 광대의 우리 앞에 발길을 멈추고 더 오랫동안 그를 관찰할 수 있었을 것이다.

관객들이 찾아오는 게 인생의 단 하나뿐인 목표인 양 갈망하는 단식 광대 역시, 막상 방문 시간이 다가오면 몸이 떨렸다. 초기에는 쉬는 시간을 기다리고 있을 수가 없을 지경이었다. 그리고 밀려드는 군중을 황홀한 기분으로 바라보았다.

하지만 너무나 빨리, 관객 대부분의 목적이 예외 없이 동물 우리로 가는 거라는 확신을 얻게 되었다. 그는 의도적으로 관객들이 자신을 보기 위해 모여든다고, 끈질기게 자신을 속이려 노력했다. 그렇지만 경험상 알게 된 건 어쩔 수가 없었다.

군중은 멀리서 볼 때 제일 좋았다. 그들이 그의 곁으로 다가오자마자 끊임없이 생겨나는 새로운 무리의 고함과 욕설이 넘쳐났기 때문이다. 한쪽 무리는 편안하게 단식 광대를 보고 싶어 했고, 다른 무리는 얼른 마구간으로 가고 싶어 했다.

하지만 단식 광대에겐 첫 번째 무리가 더 괴로웠다. 그들이 그를 보고 싶어 하는 이유는 이해심이 아니라 변덕과 오기였기 때문이다. 큰 무리가 지나가고 나면 뒤처진 사람들이 왔다. 마음만 먹으면 멈춰 설 수 있는 그들 역시, 동물들을 구경하려고 고개를 옆으로 돌릴 틈도 없이 성큼성큼 지나가 버렸다.

아버지가 아이들을 데리고 와서 손가락으로 단식 광대를 가리키며 여기서 벌어지고 있는 일이 무엇인지 자세하게 설명하고, 이것과 비슷하긴 하지만 비교할 수 없을 정도로 대단했던 예전 공연에 대한 이야기를 들려주는 일은 자주 찾아오는 행운이 아니었다.

물론 아이들은 학교와 인생에서 배운 게 충분하지 않아서 단식 광대를 이해하지 못했지만, 그들의 탐구하는 듯 빛나는 눈동자는 다가올 새로운 시대, 더 자비로운 시대를 보여 주는 것 같았다. 하긴 아이들에게 단식이 무슨 의미가 있단 말인가?

때로 단식 광대는 혼잣말을 했다. 그의 위치가 동물 우리와 가깝지만 않다면 조금 더 나아질 거라고. 하지만 단원들이 그런 선택을 한 것은 동물 우리와 가깝기 때문이었다.

그러니 마구간에서 풍기는 악취와 한밤중에 날뛰는 동물들, 맹수들에게 줄 날고기를 나르는 일과와 먹이를 줄 때 동물들이 지르는 고함 소리가 그의 마음을 지속적으로 다치게 한다는 사실을 단원들이 개의치 않는 건 너무나 당연했다.

그런데도 그는 단장에게 호소할 용기가 나지 않았다. 어쨌든 동물들 덕분에 사람들이 몰려왔고, 가끔씩 그중에는 그를 보러

온 사람도 있었다. 그러니 괜스레 자신의 존재를 알리려고 하다가, 엄밀하게 말하면 그가 동물 우리로 가는 길의 걸림돌일 뿐이라는 사실까지 떠올리게 될지 누가 알겠는가?

물론 그는 작은 걸림돌에 불과했다. 점점 더 작아지는 걸림돌. 요즘 같은 세상에 단식 광대에 대한 관심을 호소하는 건 이상한 일이라고 다들 생각했고, 이런 생각은 곧 그에 대한 평가나 마찬가지였다. 그는 할 수 있는 한 단식을 하고 싶었고 실제로 그렇게 했지만, 아무도 그를 구원해 주지 못했고 사람들은 그를 그냥 지나쳐 버렸다. 누군가에게 단식 기술을 설명해 보라! 느끼지 못하는 사람은 이해시킬 수도 없는 법이다.

우리에 써 붙였던 멋진 글귀는 더러워져서 읽을 수도 없게 되었고, 심지어 누군가의 손에 찢겨 나갔지만 그 누구도 다시 써 붙여야 한다는 생각을 하지 못했다. 단식 날짜를 적은 숫자판도 초기엔 정성껏 매일매일 새로 갈았지만, 이미 오래전부터 계속 똑같은 숫자가 붙어 있었다. 몇 주가 지나자 단원들이 이 하찮은 일거리조차 귀찮게 여겼기 때문이다.

그래서 단식 광대는 예전에 꿈꾸었던 대로 계속 단식을 했고, 크게 애쓰지 않고도 당시 그가 예언했던 만큼 단식을 하는 데 성공했다. 하지만 아무도, 그 누구도 날짜를 세지 않았고, 단식 광대 자신도 자신의 성과가 얼마나 위대한지 정확히 알 수 없었다. 그의 마음은 다시금 무거워졌다.

언젠가 한번은 게으름뱅이 하나가 발길을 멈추고 낡은 숫자 판을 조롱하면서 사기라고 말한 적이 있었다. 그건 무관심과 타고난 악한 마음이 만들어 낼 수 있는 가장 어리석은 거짓말이었다. 단식 광대는 거짓말을 하지 않고 성실하게 일했지만, 세상이 그를 속이고 보상을 해 주지 않은 것이다.

다시 많은 날이 지나갔다. 그리고 그 역시 종말을 고했다.

하루는 서커스단 단장이 단식 광대의 우리를 발견하고는, 왜 쓸모 있는 우리에 썩은 짚더미를 깔아 놓고서 사용하지도 않고 버려 두었는지 단원들에게 물어보았다.

어느 누구도 바로 그 이유를 찾지 못했다. 그러다 누군가 숫자 판을 보고서 단식 광대를 떠올렸다. 사람들은 막대기로 짚더미를 헤집어 그 속에서 단식 광대를 찾아냈다.

"아직도 단식을 하고 있나? 대체 언제 끝낼 셈이야?"

단장이 물었다.

"용서하세요."

단식 광대가 속삭였다. 창살 가까이에 귀를 대고 있던 단장만이 그의 말을 알아들었다.

"물론이지. 우린 자네를 용서하네."

단장이 이렇게 말하며 단식 광대의 상태를 단원들에게 알리기 위해 이마에 손가락을 갖다 댔다.

"전 줄곧 여러분이 제 단식에 감탄하기를 바랐습니다."

단식 광대가 말했다.

"우린 감탄한다네."

단장이 다정하게 말했다.

"하지만 여러분은 감탄하지 말아야 합니다."

단식 광대가 말했다.

"그래, 그럼 감탄하지 않겠네. 그런데 왜 감탄하지 말아야 한다는 거지?"

단장이 물었다.

"하는 수 없어서 한 거니까요. 달리 어쩔 도리가 없었어요."

단식 광대가 말했다.

"저런, 왜 어쩔 도리가 없었지?"

단장이 말했다.

"왜냐하면……."

입을 연 단식 광대는 한마디도 새어 나가지 않게 하려고 작은 머리를 살짝 들어 키스하듯 뾰족하게 내민 입술을 단장의 귀에다 대고 말했다.

"제 입맛에 맞는 음식을 찾을 수가 없었기 때문이에요. 그런 음식을 찾았다면 이런 놀랄 만한 사건을 일으키지도 않았을 것이고, 당신이나 다른 모두들처럼 배가 터지게 먹었을 겁니다."

그것이 그의 마지막 말이었다. 하지만 그의 흐린 눈동자에는 아직도 단식을 계속할 것이라는 굳은 확신이 담겨 있었다. 물론 그 확신에 대한 자부심은 이제 더 이상 없었지만.

"그만 처리하지!"

단장이 명령을 내리자, 단원들은 단식 광대를 짚더미와 함께 파묻었다. 그리고 그가 있던 우리에 어린 표범 한 마리를 집어 넣었다. 오랫동안 황량하게 방치되던 우리에 표범과 같은 야생 동물이 돌아다니는 광경을 본 사람이라면, 제 아무리 감각이 무딘 사람이라도 기분 전환이 되었을 것이다.

표범에게는 아쉬울 게 없었다. 조련사는 곧 표범의 입에 맞는 음식을 갖다 주었다. 표범은 자유조차 그리워하지 않는 듯했다. 금방 찢어질 정도로 필요한 모든 걸 담고 있는 그 고상한 몸뚱이는 자유마저 간직한 듯 보였다. 마치 이빨 어딘가에 자유가 숨어 있는 것 같았다.

표범의 목구멍에서 관객들이 견디기 힘들 정도로 강렬한 열정과 인생의 기쁨을 담은 소리가 울려 퍼졌다. 하지만 관객들은 이 모든 것을 참으며 표범 우리로 몰려들었고, 그곳에서 도무지 떠날 줄을 몰랐다.

불안과 소외로 그려 낸
현대인의 절대 고독

전종옥 _ 현재 서울 양서중학교 교장

'변신'의 출발점을 찾아가다

영화 〈트랜스포머〉. 시리즈물로 만들어져 여러 편이 개봉되었는데, 국내 관객만 해도 각 편마다 700만 명을 넘을 정도였다. 도대체 이 정도의 관객몰이를 할 수 있었던 힘은 무엇이었을까?

아마도 영화에 등장하는 로봇들이 트럭, 스포츠카, 오토바이 등 자유자재로 변신하는 모습 때문이었을 것이다. 로봇이 변신하는 장면은 TV 광고에서 패러디를 할 정도로 큰 인기를 끌었다.

사람이 주인공인 영화도 마찬가지다. 완벽한 변신이라고 하기엔 2% 부족하지만, 영화 〈스파이더맨〉도 평범한 사람이었던 주인공이 중요한 순간에 거미 인간으로 변신하여 멋진 일을 해낸다는 설정이 핵심 줄거리이다. 하물며 누구나 다 아는 〈슈퍼맨〉의 변신은 말할 것도 없다. 이처럼 손으로 꼽자면, '변신'이라는 소재를 이용해서 만든 영화는 이루 헤아릴 수 없을 정도로 많다.

그러면 도대체 이런 '변신' 이야기는 언제, 어디에서 시작된 것일까? 가장 처음에 시작한 이야기는 어떤 것일까?

2010년 미국 샌디에이고에서 열린 만화 대전을 장식하고 있는 〈트랜스포머〉의 로봇 모형.

미국 백악관에 초청받은 세 살짜리 꼬마가 스파이더맨 복장으로 변장을 하고 버락 오바마 대통령과 장난을 치고 있다.

우리는 그것을 로마의 오비디우스가 서기 8년경에 쓴 《변신 이야기》에서 찾곤 한다. 오죽하면 제목이 '변신 이야기'일까?

여기에는 스파이더맨의 원조 격으로 아테나 여신과 베 짜기 시합을 벌이다 노여움을 사 거미가 된 아라크네, 산속에서 아르테미스 여신의 목욕 중인 알몸을 엿보았다가 사슴으로 변해 버린 사냥꾼 악타이온 등 약 250여 편의 다채로운 변신 이야기가 실려 있다.

〈변신〉의 초판본 속표지.

수많은 변신 이야기를 대략 간추려 보면, 변신하는 힘이나 계기를 본인이 갖고 있는 이야기가 있는가 하면, 다른 사람의 도움을 얻어야만 변신이 가능한 이야기가 있다.

또 우리 고전 소설 《박씨전》의 주인공인 박 씨 부인처럼 스스로 변신을 원했던 상황도 있고, 〈소돔과 고모라〉에서 뒤를 돌아보지 말라는 천사의 말을 어겨 소금 기둥으로 변해 버린 롯의 아내처럼 원치 않는 변신이 벌어지는 경우도 있다.

이처럼 '변신'은 그 자체로 이야기에 흥미를 더하는 장치이기도 하고, 어떤 사물의 유래를 설명하기 위한 연장이기도 하며, 특별한 사회 문화적 의미를 덧붙이는 도구이기도 하다.

이것이야말로 '변신' 이야기가 전 세계적으로 무수히 많이 만들어지고 전해졌으면서도, 또한 계속해서 생산되는 하나의 이유이다.

이제 우리는 제목에 '변신(變身)'이라는 직설적인 이름을 내건 카프카의 작품을 감상해 볼 것이다. 그 작품에서는 어떤 변신이 일어났으며, 이를 통해 작가가 말하고 싶었던 것은 무엇일까?

오비디우스와 '변신' 이야기

《변신 이야기》를 쓴 푸블리우스 오비디우스 나소는 기원전 43년, 당시 로마 제국이자 지금 이탈리아 중부 지방의 부유한 기사 가문에서 태어났다. 타고난 말발로 "말이 저절로 시가 되었다."라는 평을 듣기도 했던 오비디우스는 그리스 아테네에서 유학 생활을 한 뒤 한때 로마의 관직에 올랐으나, 곧 관직을 포기하고 저작에만 집중했다.

기원후 8년, 알 수 없는 이유로 인해 흑해 연안으로 추방당했는데 결국 로마로 돌아오지 못하고 일생을 마쳤다. 후에 추측하기로, 그가 쓴 필생의 역작《변신 이야기》의 마지막 부분을 장식한 시가 황제에 대한 은근한 도전으로 읽혔기 때문이라고 한다.

《변신 이야기》는 총 15권으로 이루어진 서사시로, 성서와 함께 서양 문명의 근간을 이루는 그리스 로마 신화를 집대성한 작품으로 평가된다. 내용은 천지창조에서 시작해서, 그리스 로마 신화를 장식하는 대표적인 신들과 거기에 얽힌 사람들의 이야기, 트로이 전쟁과 로마의 건국까지 다룬 뒤, 로마의 독재관이었던 카이사르의 죽음으로 마무리된다. 현재 우리가 읽은, 혹은 읽게될 그리스 로마 신화에 관련된 이야기는 모두 오

독일의 〈뉘른베르크 연대기〉에 등장하는 오비디우스의 초상.

1567년 영국 런던에서 출간된《변신 이야기》의 표지.

《변신 이야기》속 삽화. 저주를 받은 악타이온이 사슴으로 변신을 하는 장면이다.

비디우스의《변신 이야기》에서 나왔다고 해도 크게 틀린 말이 아니라고 할 수 있다.

《변신 이야기》속에서는 신과 인간, 자연이 하나가 되는 모습을 쉽게 찾아볼 수 있다. 따지고 보면 이것이야말로 인간이 상상한 첫 번째 '변신'이라고 할 수 있을 것이다.

'벌레'에게도 존재의 의미가 있을까?

〈변신〉은 프란츠 카프카가 1912년에 쓰기 시작해 1915년에 발표한 작품으로, 주인공인 그레고르 잠자가 벌레로 '변신'한 데서 시작하여 끝내 인간의 모습을 회복하지 못하고 벌레인 채로 죽고 마는 이야기이다.

카프카의 작품에서 드러나는 인간 존재의 의미와 절대 고독에 대한 문제는 당시의 시대적 상황과도 절묘하게 맞물려 있다.

카프카가 이 작품을 쓴 시기는 자본주의의 성숙기로서 과학과 기계의 발달로 대량 생산을 이루어 낸 시대였다. 하지만 끊임없이 돌아가는 컨베이어 벨트 앞에 서야 했던 노동자들은 힘겨운 노동과 저임금, 실업 등 불안한 처지로 계속해서 내몰리고 있었다. 동시에 자신이 인간이라는 사실을 끊임없이 부정당하던 노동자들의 정신적 소외가 한계 상황으로 치닫던 때이기도 했다.

또한 자본주의가 제국주의의 모습으로 탈바꿈하여, 국가의 무

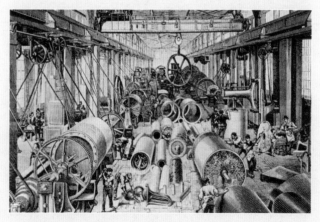

1875년 영국 맨체스터의 공장에서 일하는 노동자들의 모습을 묘사한 그림.

력을 등에 업은 채 식민지 쟁탈에 나서 원료 공급지와 상품 판매 시장 확보에 너도나도 경쟁적으로 나서고 있던 시기였다.

이런 혼란스러운 상황은 결국 제1차 세계 대전이라는 초유의 재앙으로 이어진다. 사람들은 서로 죽이고 죽는 전쟁터에 내몰리면서, 혼란과 불안감에 휩싸여 자기 정체성을 제대로 찾을 수 없는 지경에 빠지게 된 것이다.

이야기의 주인공 그레고르는 당시 인류 앞에 놓여 있던 이러한 '존재'에 대한 위기감이 정확하게 투영된 인물이다. 실제로 카프카는 보험 회사에서 10년 넘게 법률 고문으로 근무했는데, 이때 성실히 살아도 아무런 탈출구가 없는 노동자의 비참한 삶을 목격하고는 이를 오롯이 작품에 녹여냈다.

먼저 이 작품의 핵심인 '그레고르 잠자'라는 인물부터 찬찬히 들여다보자. 벌레로 변신한 채 등장하는 그레고르는 고달픈 회사 외판원 생활을 하면서, 가족을 위해 최선을 다하는 젊은이다.

1915년, 제1차 세계 대전 중 참호에 모여 있는 병사들의 모습. 병사들은 소모품처럼 참호 안팎에서 죽어 갔는데, 개개인의 죽음은 기록조차 되지 않았다.

끔찍한 변신에도 자기 처지는 뒷전이고, 기차를 제시간에 타지 못해 해고되지 않을까 걱정부터 한다. 자신이 직장을 잃고 나면, 지금까지 가족들이 누리던 안락한 생활도 한순간에 끝장나리라는 걸 잘 알고 있기 때문이다.

그래서 그는 벌레로 변신한 상황에서도 자신에게는 아무 문제가 없다고 가족을 설득하려 든다. 그러나 벌레가 되어 버린 그의 말을 알아듣는 가족은 아무도 없다. 그레고르는 그럴수록 가족에 대한 미안함과 죄책감으로 괴로워한다.

그렇다면 그레고르가 하루도 빠짐없이 자신의 몸과 마음을 바쳐 보살피던 가족들은 어떤 심정이었을까? 처음에는 가족들도 그레고르를 걱정한다. 기차 시간을 놓친 데다 목소리도 이상하고, 회사 지배인까지 달려온 걸 보고는 상황이 심상치 않다고 여겨 의사와 열쇠장이를 부른다. 하지만 이는 어디까지나 그레고르의 변신한 모습을 보기 전 상황이다.

가족들은 변신한 그레고르의 모습을 확인한 뒤부터 백팔십도 달라진 모습을 보인다. 그레고르가 다른 사람들의 눈에 띄지 않아야 하는 것은 물론이요, 일단 먹이를 주며 데리고는 있지만 방에서 나오지 못하도록 문을 잠그기까지 한다. 어떻든 간에 그레고르를 사람으로 되돌릴 방법을 찾는 게 아니다. 마지막 순간, 가족들은 그레고르가 오빠와 아들이라는 사실을 부인하며 빨리 사라져 주기만을 바란다. 그러다 마침내 그가 죽자 신에게 감사를 드린다.

이 과정을 통해 그레고르의 겉모습만 '변신'하는 게 아니라, 그를 대하는 가족들도 '변신'한다는 사실을 적나라하게 보여 준다.

꼬박꼬박 돈 잘 벌어 오던 아들이건만, 벌레가 되어 버리자 아들에 대한 분노를 참지 못하고 가장 먼저 폭발하는 사람은 아버시나. 아버지는 서실로 기어 나온 아들을 사생이노 취급해서 방 안으로 밀어 넣은 뒤 문을 잠근다. 심지어 다시금 기어 나온 아들, 아니 아버지 입장에서는 그냥 벌레인 그에게 사과를 마구 던져 치명적 상처를 입히기까지 한다.

어머니는 아버지처럼 폭력적이지는 않지만, 그레고르의 여동생인 그레테와 함께 가구를 치우다가 그림 액자 위에 붙어 있는 그레고르를 보고 실신을 하는 등 벌레로 변신한 그레고르를 아들로 받아들이지 못한다.

또 평소에 가장 가까웠던 여동생마저 그레고르에게 벌레에게 맞는 음식찌꺼기만 던져 주며, 방 안의 가구를 죄다 치워 버리고, 밖에서 방문을 잠가 그레고르와의 소통 자체를 거부한다.

그들에게 어제까지 자랑스럽고 믿음직한 아들이며 오빠였던 그레고르는 이제 숨겨야 할 부끄러운 존재이다. 그들은 오히려 그레고르 자신보다도 먼저 아들 또는 오빠가 벌레가 되었음을 받아들이고, 그에게 벌레로 살 것을 강요한다. 그들의 발등에 떨어진 불은 그레고르가 아니라, 자신들의 미래였으므로.

가족들은 아버지를 중심으로 서둘러 그동안 모아 둔 재산을 확인하며 그레고르가 없는 불확실한 앞날에 대해 고민한다. 이로써 거실에 나가서 가족 간의 대화에 낄 수가 없는 그레고르는 영원히 가족에게서 소외되고, 추방당하게 되는 것이다.

인간이 인간으로 존재할 수 없는 정체성의 위기, 가족 그 누구와도 소통할 수 없는 절대 고독, 인간이 단지 생계유지의 수단으로 전락해 버린 상황.

바로 이런 맥락에서 〈변신〉은 실존주의 작품으로 불린다.

실존주의란 무엇일까? 간단히 말하면, '한 개인으로서의 인간이 스스로 선택하는 존재라는 점'을 가장 중요한 가치로 여기는

'실존주의'란 무엇인가?

산업 혁명과 과학 혁명을 거친 유럽에서는 중세 시대부터 이어져 온 신학 중심의 사고관에서 벗어나기 시작한다. 곧 '이성'과 '합리'가 세상의 중심에 서게 된 것이다. 이후 이성 중심의 사고방식은 한동안 탄탄대로를 달린다. 자본주의가 발달하고, 물자가 풍부해지고, 발명과 발견이 속속 이루어지면서 인간이 갖고 있는 '이성의 힘'이 그 어느 때 보다도 막강한 영향력을 발휘하게 된 것이다.

프랑스 철학자 사르트르와 시몬 드 보부아르. 발자크 기념비 앞에서 찍은 사진이다. 오른쪽의 보부아르 역시 실존주의 사상가로 보기도 한다.

하지만 제1차 세계 대전을 겪으면서 여기에 의문 부호가 붙는다. 과연 인간의 이성을 따라 거침없이 달려온 결과라는 게, 결국 수백만 명이 목숨을 잃은 세계 대전이란 말인가? 이성이야말로 사람의 목숨을 더욱 효율적으로 빼앗을 수 있는 무기를 만드는 데, 그리고 더 많은 사람들을 착취할 수 있는 체계를 만드는 데 이용된다는 사실을 비싼 대가를 주고서야 알게 된 셈이다.

실존주의는 여기서부터 시작된다. 중세의 신앙도 답이 아니고, 근대의 이성도 답이 아니라면?

실존주의 철학자들은 인간을 '각각의 개인이 스스로의 선택으로 행동하는 존재'로 정의한다. 인간은 이성을 지닌 존재이지만, 그 이성을 이용해서 어떤 선택을 하느냐는 각 개인만이 결정할 수 있으며, 나아가 이런 선택이 각 개인의 존재를 결정한다는 것이다. 물론 스스로 한 선택에 대해서는 각자 책임을 져야 한다는 면에서 오히려 예전보다 개인에게 더 가혹해졌다고 보는 시각도 있다.

프랑스 작가 카뮈의 사진. 처음에는 사르트르와 사상적 동지 관계였으나, 나중에는 갈라서게 된다. 카뮈는 후에 "나는 실존주의자가 아니었다."라고 말했다.

실존주의는 곧 예술과 문학에까지 지대한 영향을 끼쳤다. 대표적인 실존주의 사상가로는 사르트르가 있으며, 거슬러 올라가 니체를 실존주의 철학의 시작점으로 보기도 한다. 또한 프랑스 작가 알베르트 카뮈가 대표적인 실존주의 문학가로 꼽히기도 한다.

실존주의는 제2차 세계 대전 이후 본격적으로 유행하게 되는데, 카프카의 작품들이 이 시기에 붐을 일으킨 것은 우연이 아니다. 실존주의와 함께 카프카의 작품에 대한 관심이 높아진 것은 그의 작품에 인간의 정체성과 존재에 대한 고민이 녹아 있기 때문일 것이다.

카프카가 베를린에 살던 작가 로베르트 무질에게 보낸 편지. 〈변신〉에 대한 이야기가 언급되어 있다.

생각을 말한다.

그렇다면 아무런 선택의 여지도 없이 벌레가 되어 살아야 했던 그레고르에게는 어떤 실존이 있는 걸까?

작품의 도처에서 그레고르는 인간으로서의 실존이 불가능한 상황에 처하게 된다. 방문의 손잡이를 입으로 돌려야 하고, 입맛이 변해 우유나 빵 또는 신선한 음식이 아니라 오래된 채소나 먹다 남은 음식에 식욕을 느끼게 된다. 뿐만 아니라 자신은 멀쩡하게 사람들의 말을 이해하는데, 주변 사람들은 그의 말을 한마디도 알아듣지 못한다.

결국 그레고르는 자신이 만든 그림 액자에 달라붙어, 그것을 인식하고 간직하는 데서 인간으로서의 실존을 확인하려 한다. 또 여동생이 켜는 바이올린 소리에 이끌려, 음악이 이토록 자신을 사로잡는데 어떻게 자신이 한 마리 벌레일 수 있는지 반문하기도 한다. 인간성을 잃지 않으려는 끈질긴 몸부림이다.

하지만 오히려 이런 행동이 화근이 되어 가족과의 거리가 더더욱 멀어질 줄이야! 그렇다고 멀쩡한 정신에 인간의 삶을 포기하고 벌레라는 존재를 자신의 정체성으로 받아들일 수도 없다. 그레고르는 인간으로서 자신의 존재를 확인하기 위해 안간힘을 쓴다.

그렇지만 그럴수록 '벌레'라는 새로운 정체성이 두드러지는 안타까운 상황이라니. 끝내 쓸쓸히 빈방에서 숨을 거두는 그레고르. 그에게는 그가 처한 상황들을 기꺼이 받아들일 수 있는 유일한 자유, 즉 '죽음'만이 허락되어 있을 뿐이다.

지독한 비현실적 상황이 주는 매력

작품의 첫머리가 독특하고 인상적이거나, 작품 전개와 주제 형성에 중요한 구실을 하는 몇몇 작품이 있다.

새침하게 흐린 품이 눈이 올 듯하더니, 눈은 아니 오고 얼다가 만 비가 추적추적 내리었다.

— 현진건, 〈운수 좋은 날〉에서

오늘 엄마가 죽었다. 아니 어쩌면 어제.

— 알베르트 카뮈, 《이방인》에서

내 이름은 이스마엘. 앞으로는 나를 그렇게 불러 주길 바란다.

— 허먼 멜빌, 《모비 딕》에서

〈운수 좋은 날〉에서는 '흐린 날'과 '추적추적 내리는 얼다가 만 비'라는 날씨가 가난한 주인공의 고통과 불행을 사실적으로 그려 내는 데 큰 역할을 하고 있다.

《이방인》의 시작은 마치 안개가 낀 것처럼 뭔가 분명하지가 않다. 어머니의 죽음이 오

왼쪽은 알베르트 카뮈의 《이방인》 표지이고, 오른쪽은 1892년판 《모비 딕》의 삽화이다.

늘인지, 아니면 어제인지. 아들이라는 작자가 그것조차도 분명히 알지 못한다. 어떤 불확실성을 내비친 것일 수도 있고, 아니면 어머니의 죽음조차 중요하지 않다는 것일 수도 있다.

《모비 딕》에서는 '이스마엘'이라는 이름을 뚜렷하게 내세운다. 흰 고래 '모비 딕', 절름발이 선장 '아하브'와 함께 작품을 이끌어 나가는 중심인물이자 서술자로, 포경선에서 마지막까지 살아남는 유일한 인물이다. 이만하면 첫 문장으로 내세울 만하지 않을까?

이번에는 〈변신〉의 첫 부분을 읽어 보자.

"어느 날 아침, 그레고르 잠자는 뒤숭숭한 꿈을 꾸다가 깨어나 흉측스런 벌레로 변한 채 침대에 누워 있는 자신의 모습을 발견했다."

첫머리에 불쑥 던져진 이렇게 말도 안 되는 비현실적인 상황을 어떻게 받아들여야 할까? 독자들은 묘한 충격에 빠진다. 그리고 그 충격은 작품이 끝날 때까지 줄어들지 않는다. 이 첫 문장에 앞으로 어떻게 될지를 예고하는 충분한 단서가 주어진다. 이후의 과정은 '뒤숭숭한 꿈'의 실체가 무엇인지, '흉측한 벌레'는 어떤 삶을 살아갈 것인지에 초점이 맞춰지는 것이다.

사람이 갑자기 벌레가 되었다며 황당하게 시작한 〈변신〉은 마음 편히 받아들이기 어려운 줄거리로 이어진다. 하지만 이야기는 철저히 사실적이고 현실적인 상황 속에서 전개된다. 단지 그레고르가 벌레가 되어 버렸다는 사실만 빼고 말이다.

그런데 어찌 된 영문인지 흉측한 벌레로 변신한 주인공은 시종일관 냉정함을 잃지 않는다. 따지고 보면 그레고르는 소설 속에서 단 한 번도 인간이었던 적이 없다. 아침에 깨어나니 벌레로 변해 있었고, 인간으로서의 모습은 오직 회상과 기억 속에서만 존재한다. 그러다 벌레로서 최후를 맞는다. 인간이 흉측한 벌레로 변신했다는 충격적인 설정, 이는 소설에서 흔히 만날 수 있는

카프카 작품 속의 변치 않는 배경, 프라하

카프카는 주말은 물론, 평일에도 프라하 시내 여기저기를 돌아다니며 산책을 즐긴 것으로 유명하다. 〈변신〉을 읽다 보면 그레고르가 아버지와의 한때를 회상하는 장면에서도, 그레고르가 숨을 거둔 뒤 가족들이 함께 집을 나서는 마지막 장면에서도 산책이 등장한다.

프라하에서 나고 자란 카프카는 산책을 하며 프라하만이 갖고 있는 독특한 분위기에 흠뻑 취했다. 여러 가지가 뒤섞여 있는 구시가지와 신시가지, 로마네스크 양식부터 20세기 양식까지 다양한 건축물이 함께 모여 있는 중심가, 다민족으로 이루어진 풍부한 문화까지.

당시 카프카가 거닐었던 프라하의 모습을 조금이나마 느껴 보자.

프라하 시내에 있는 프란츠 카프카 기념 동상. 카프카를 기리는 동상답게 특이한 모양이다.

프라하 성과 카를교(橋). 카프카는 카를교를 수도 없이 지나다녔다. 다리 뒤로 보이는 것이 프라하 성이다. 카프카의 작품 《성》의 모델이 된 것이 프라하 성이라고 주장하는 사람도 있다.

프라하 성의 일부인 '황금 소로'. 카프카의 여동생이 구해 준 카프카의 집필실이 있던 곳이다. 카프카는 여기에서 〈변신〉과 《성》을 썼다.

No. 22는 카프카 집필실의 주소를 가리킨다. 현재 카프카 기념관으로 사용되고 있다.

프라하의 유대인 지구에 있는 유대인 묘지. 카프카는 1924년 6월 10일 여기에 묻혔다.

그림은 아니다.

　그래서 많은 독자들은 그레고르가 결국 사람으로 돌아올 수 있으리라는 희망의 끈을 놓지 않으며 끝까지 기다린다. 그런데 작가는 그런 기대를 무참하게 짓밟는다.

　왜 그래야만 했을까? 그레고르에게는 본래의 모습으로 돌아갈 수 있는 방법이 없었을까? 그레고르가 원했던 변신이 아니라면, 누가 그런 짓을 한 것일까? 과연 누가?

그레고르의 변신, 원했을까? 떠밀렸을까?

　동물로 변하는 변신 모티프는 그 자체로 새로운 것은 아니다. 그리스 신화에서만이 아니라, 현대 문학에서도 변신은 이따금 등장한다. 그런데 그것들은 대개 신이나 운명과 같은 초자연적인 힘이 인간의 영역으로 들이밀고 들어오는 식이다.

　그런데 카프카의 〈변신〉은 그렇지가 않다. "그레고르라는 인물이 어느 날 아침 일어나 보니 흉측한 벌레가 되어 있었다."라고 담담하게 이야기한다. 마치 '철수가 아침에 일어나 세수하고 밥 먹고 학교에 갔다.'를 말하듯이. 엄청난 사건을 간명하고 담담한 서술로 풀어내는 극단적인 대조에 독자들은 큰 혼란을 느낀다.

　게다가 왜 그레고르가 어느 날 아침에 한 마리 벌레로 변신한 것인지 그 이유는 끝까지 설명하지 않는다. 독자가 고개를 끄덕일 어떤 직·간접적인 설명이나 상황의 전환도 없다. 그런 까닭에 독자는 작품을 읽을수록 눈덩이처럼 커지는 의혹에 당혹스러움을 느낄 수밖에 없다. 이런 의혹의 실마리를 푸는 일도 오롯이 독자들이 떠안아야만 한다.

먼저 그레고르가 한 마리 벌레가 될 수밖에 없는, 또는 되어야 하는 상황의 실마리를 작품 안에서 찾아보자.

그레고르는 '뒤숭숭한 꿈'에서 깨어난다. 그 불안한 꿈은 대체 무엇이었을까? 그의 목표는 아버지가 진 빚을 모두 청산하고, 여동생을 음악 학교에 보내는 것, 그리고 이러한 경제적 여유에서 나오는 가족 간의 화목과 사랑이었다.

그런데 그것은 하루도 빠짐없이 겪어야 하는 출근과 출장, 지배인의 협조, 사장의 인정이 없다면 달성이 불가능하다. 그 어느 것 하나라도 삐끗하는 날이면 곧 깨지고 마는 조마조마한 꿈이며 평화이기에, 항상 불안감에 시달릴 수밖에 없다. 그 불안이 그레고르를 변신으로 몰아간 것이 아닐까?

아무튼 벌레가 될 수 있었다면, 사람으로 되돌아갈 수 있는 길도 열려 있어야 한다. 동화 속에서 때가 되면 마법이 풀리거나, 주변 사람의 도움을 받아 본모습으로 돌아가는 결말을 흔하게 찾아볼 수 있듯이.

1983년 독일에서 발행된 카프카 기념우표. 카프카의 생전 사인과 함께 작품 《성》을 형상화한 이미지가 들어 있다.

그런데 왜 그레고르는 사람으로 다시 돌아갈 수 없었을까? 그를 본래의 모습으로 되돌릴 수 있는 힘은 무엇일까? 가족? 아니면 자기 자신?

그레고르는 단지 겉모습만 바뀐 것이었기에 끊임없이 자신을 인간이었던 본모습으로 되돌리고자 노력을 기울인다. 하지만 모두 수포로 돌아갔다. 왜 그랬을까?

그를 다시 인간으로 변신하게 할

2008년 독일의 유로화 모델로 선정된 카프카.

수 있는 유일한 힘은 가족들의 관심과 애정이다. 현실적으로는 다시 인간으로 되돌릴 수 없다손 치더라도, 한 명의 사람으로 대하고 가족의 한 사람으로 숨을 거둘 수 있게 배려할 수는 있다. 이것이 바로 변신을 부정하는 행동이기 때문이다.

하지만 가족은 그를 철저히 외면한다. 새롭게 일자리를 얻어 늘 제복을 입고 있는 아버지는 그레고르를 방으로 밀어 넣기 위해 발길질을 하고, 사과를 집어 던진다. 그리고 결코 거실에 나오는 걸 허락하지 않음으로써 그를 가족의 한 사람으로 받아들이지 않는다. 잠자 씨 가족이 유별난 가족이라서 그런 것일까? 그런 것 같지는 않다.

이런 상황을 개인의 사정, 또는 가족의 문제로만 볼 수는 없다. 그레고르는 가족들의 무관심과 냉대 이전에 이미 '변신'했다. 이는 가족의 생계를 책임지는 일에서 오는 압박과 존재의 상실이 만만치 않다는 의미이다. 그레고르는 이를 되돌리기 위해 끊임없이 출구를 찾지만, 출구는 보이지 않는다. 아니, 출구가 없다. 그레고르의 변신은 가족의 힘으로 어떻게 해결할 수 있는 수준을 넘어선 사회적 문제이기도 하기 때문이다.

우리는 그것을 시대의 힘이라고 부른다. 바야흐로 때는 더 이상 혈연과 지연, 가족 간의 끈끈한 정서적 유대로 사회가 유지되는 전통적인 시대가 아니었다. 산업 사회의 발달과 함께 변화한 현대 사회의 가족은 생활력을 상실하는 순간 가족으로부터도 얼마든지 소외될 수 있으며, 순식간에 고립과 고독에 빠질 수 있다는 것을 알려 준다.

카프카는 출구가 보이지 않는 절망적 상황을 '벌레'라는 상징을 이용해서 그려 냈다. 생각해 보면 우리 역시 똑같은 갈림길에서 있다. 다만, 그레고르가 조금 더 일찍 온몸으로 감당했을 뿐.

현대 가족의 초상, 같거나 혹은 다르거나

〈변신〉을 작품 안에서만 살펴본다면, 한 집안의 가족에 초점이 맞춰져 있다. 카프카는 작품을 통해 가족 사이의 사랑조차 경제적인 관계, 다시 말해서 '돈'을 떠나서는 생각할 수 없다는 쉽게 받아들이기 힘든 진실을 폭로한다. 과연 존재 자체로 사랑받는 가족 관계는 이미 비현실적인 것이 되어 버린 걸까?

어떤 철학자는 가정을 '존재가 드러나는 장소'라고 이야기했다. 쉽게 말해, 가정이란 사람이 외모나 성격, 재능 또는 재산 때문에 인정받거나 사랑받는 곳이 아니라, '있음 그 자체', 곧 존재한다는 것만으로 인정받고 사랑받는 장소라는 뜻이다.

예를 들어 어떤 사람이 못생긴 데다 사교적이지도 못하고, 특별한 재능이나 재산마저 없다고 치자. 그렇다면 그는 사회에서 인정받거나 다른 사람들에게 사랑받기가 쉽지 않을 것이다. 하지만 가정에서는 다르다. 가족이란 설령 누가 특별히 못생겼어도, 또는 사교적이지 않아도, 특별한 재능이나 재산이 없어도, 그 사람이 살아 있다는 것 자체를 기뻐하는 사람들이다.

그러나 카프카는 우리에게 낭만적이고 순진한 믿음 따위는 과감히 쓰레기통에 처박으라고 요구한다. 그가 보여 주는 무서운 진실은 가장 순수하고 아름다운 희생적 사랑, 곧 가족 간의 사랑조차 밑바탕에는 경제적인 이해관계가 깔려 있다는 깨달음이다.

설사 가족이라고 할지라도, 그중 누군가 가족에게 해 줄 수 있는 물질적인 면이 변하면 가족이 그에게 베푸는 사랑도 따라서 변한다는 것을 흉측한 곤충으로의 변신이라는 기발한 장치를 이용하여 보여 준 것이다.

단지 소설은 소설일 뿐이고, 현실은 다르다고?

사전에 실린 카프카

카프카에스크(Kafkaesque)라는 영어 단어가 있다. 사전을 찾아보면 '카프카적인, 부조리하고 암울한'이라는 뜻으로 사용된다. (독일어로는 Kafkaesk로 쓴다.) 우리 식으로 표현하자면 '카프카스러운' 정도가 되겠다.

이를 통해 독일어권 소설가 프란츠 카프카의 세계적인 영향력을 확인할 수 있다. 제2차 세계 대전 이후, 카프카에 대한 관심이 높아지면서 생긴 현상이다.

이 단어는 상황에 따라 여러 의미로 쓰이곤 한다. 때로는 무의미하고 방향을 상실한 상황을 가리키기도 하고, 때로는 초현실적인 위협에서 오는 우울한 위기의식을 의미하기도 하며, 때로는 강력하지만 실체를 확인할 수 없는 관료주의에 의해 의도적으로 왜곡된 현실을 뜻하기도 한다.

'카프카스럽다'는 것은 〈변신〉, 《성》, 《소송》과 같은 그의 작품에 흐릿한 안개처럼 깔려 있는 흐리터분하고 분명하지 않은 의미의 모호성, 그리고 여기에서 오는 해석의 다중성에서 비롯된다. 명확하지 않기에, 오히려 이렇게도 저렇게도 생각해 볼 수 있는 여지가 있다고나 할까?

프랑스의 유명한 철학자인 들뢰즈와 가타리는 카프카의 작품 세계가 기존의 상식을 뒤엎는다는 점에서 생각보다 더 '즐거운' 것이라고 해석하여 작품을 새로운 시각으로 바라볼 수 있는 기회를 마련하기도 했다. 이를 보면 그의 작품 세계는 시대와 국가를 막론하고 수많은 해석이 이루어질 정도로 풍부한 의미를 지니고 있다고 해야 마땅할 것이다.

어쩌면 프랑스 철학자들의 해석이 맞을지도 모르겠다. 전하는 말에 의하면 카프카는 자신의 작품을 친구들 앞에서 읽어 주곤 했는데, 기묘한 작품을 읽을 때면 카프카 자신도 이따금씩 슬며시 웃음을 흘리며 낭독했다고 하니 말이다.

카프카의 소설 《성》을 원작으로 한 연극. 2002년 맨해튼 극장.

프라하에 있는 카프카 박물관의 조각. '카프카스러운' 작품들은 왠지 기괴하거나 웃음을 자아내는 것이 많다.

모두 그런 것은 아니지만, 그레고르의 처지와 비슷한 사례를 찾으려면 얼마든지 찾을 수 있다. 다음은 인터넷으로 검색해 보면 쉽게 찾아볼 수 있는 신문 기사 제목 몇 개이다.

이건희, 형님은 잃고 4조 유산은 지켰다

—조선비즈, 2013년 2월 1일

재산 다툼에 방화, 아이들만 저 세상으로

—YTN, 2013년 6월 4일

부모 모시는 문제로 이혼 위기

—뉴데일리, 2011년 7월 13일

이런 일들은 가족이 있다는 자체를 기뻐하고 사랑해야만 하는 가정에서는 일어날 수 없는 일이고, 또 일어나서도 안 되는 일들이다. 그런데도 왜 이런 일들이 일어날까?

사람들이 어느 날 갑자기 악해진 게 아니라면, 가족 관계의 변화를 꿰뚫는 어떤 근본적인 변화가 있다고 볼 수 있다. 위의 기사들을 살펴보면, 공통적으로 돈 문제를 둘러싼 가족 간에 다툼이 엿보인다. 현재 우리가 살고 있는 21세기, 돈이 최고의 가치로 떠받들어지는 자본주의 시대에는 사랑이나 희생만으로 가족 관계를 설명하는 건 불가능한 일이 되어 버렸다.

누가 뭐래도 현대 사회의 피라미드 꼭대기에는 '돈'이 있다. 사실 그 꼭대기에는 인간이 있어야 옳다. 하지만 인간이 놓여야 할 자리에 돈이 놓이고, 이를 받아들이지 않으면 사회에서 배겨나기 힘들다.

결국 인간이 돈을 사용하는 게 아니라, 돈이 인간을 부리게 되는 거꾸로 세상이 등장하고, 이로부터 인간이 인간다움을 상실하는 인간 소외의 문제와 맞닥뜨리게 된다.

인간 소외란, 인간이 자신의 본질을 잃어버리고 비인간적 상황에 놓이는 일을 말한다. 이러한 인간 소외는 노예제 시대에도 있었고 봉건 시대에도 있었지만, 현대의 인간 소외는 돈을 최고의 가치로 삼는 자본주의의 본질과 직접적으로 맞닿아 있다.

"없애 버려야 해요."

"'저것'은 우리를 괴롭히고, 하숙인들을 내쫓고, 우리마저 길거리로 내쫓고는 온 집 안을 다 차지하게 될 거예요."

그레고르는 더 이상 가족의 구성원이 아니다. 또 그들의 삶을 윤택하게 하는 데 아무런 도움도 되지 않는 존재이다. 도움이 되지 않는 게 아니라, 방 하나를 떡하니 차지하고서 하숙인들을 괴롭히며 다른 식구들을 성가시게 만들고 있으니, 사라져야 하는 존재이다. 만일, 스스로 그렇게 하지 않는다면, 내쫓아야 하는 '저것'이다. '한 번 가족은 영원한 가족' 따위는 없다.

세 사람은 함께 집을 나섰다. 몇 달 동안 하지 못했던 일이었다. 그들은 전차를 타고 교외로 나갔다. …… 그들은 편안하게 의자 등받이에 기대어 앞으로 어떻게 될지 이야기를 나누었다. 의견을 나누다 보니 전망이 나쁘지 않았다. …… 전차가 종착역에 이르러 딸이 제일 먼저 일어나 젊음이 넘치는 몸을 쭉 펴고 한껏 기지개를 켜자, 그들은 그것이야말로 새로운 꿈과 훌륭한 계획에 대한 대답이라고 확신했다.

소설의 결말 부분, 그레고르의 죽음을 뒤로한 채 행복한 나들이를 떠난다. 밝은 전망을 찾아 나서는 잠자씨 가족에게 돌멩이를 던질 수는 없다. 그들은 자본주의의 시대에 살고 있었을 뿐이며, 인간 소외의 시대에 소외된 인간은 또 누군가를 소외시켜야 살아남을 수 있으므로.

프라하 시내에 있는 카프카 관련 포스터. 모호한 인물상이 카프카 작품의 특징을 상징적으로 보여 준다.

〈변신〉에서 그레고르는 결국 인간으로 돌아가는 길을 찾지 못했다. 하지만 오늘날의 우리는 어떻게든 그 길을 찾아야만 한다. 만일 우리가 돈의 노예가 아닌 제대로 된 인간으로 살고 싶다면, 상대방을 '살아 있는 존재' 그 자체만으로 인정하고 사랑하는 관계를 다시금 만들어야 한다.

돈을 뛰어넘는 새로운 가치를 추구하는 멀고도 험난한 길. 그러나 모두를 위해 꼭 가야만 하는 길이다.

온 세상의 그레고르여, 지금 행동하라!

그레고르의 변신을 통해 드러난 불안과 고독, 허무와 부조리한 삶 등은 실존주의의 핵심 단어들이다. 인간 개개인의 실존이라는 관점에서 〈변신〉을 읽으면, 자신의 본모습을 잃고 신음하는 현대인의 삶이 보인다.

그레고르가 겪었던 존재의 위기야말로 자본주의 사회에서 겪게 되는 인간 소외의 전형적 모습이다. 〈변신〉이 발표된 지 100년이 되어 가는 지금까지 사람들의 입에 오르내리며 인기를 얻고 있는 것도 황당무계한 주인공에게서 현대인의 모습이 얼비치기 때문이다.

우리는 살면서 알게 모르게 불안감을 느낀다. 즉, 나 자신도 어느 날 갑자기 모두가 멀리하고 피하는 징그러운 벌레가 되고 말 것 같아 불안한 것이다.

혹시 사람들 사이에서 갑작스레 다른 존재가 되어 버렸다고 느껴 본 적 없었던가? 곰곰이 생각해 보면, 누구에게나 그런 순간이 적잖이 있었다는 사실을 알 수 있다. 다만 현대인은 그걸 깨닫고 인정하기 전에 의도적으로 고개를 돌릴 뿐이다.

그렇다면 과연 그레고르에게서 아니, 나아가 우리들에게서 인간의 참모습을 앗아간 것은 무엇일까?

"나 자신이든 다른 어떤 사람이든, 인간을 절대 단순한 수단으로 다루지 말고, 언제나 한결같이 목적으로 다루도록 행동하라."
— 칸트, 〈정언 명령〉 중에서

독일의 철학자 칸트가 한 말이다. 조금 어렵게 느껴질 수도 있다. 그렇다면 이 말을 카프카의 〈변신〉에 빗대어 한 문장으로 표현해 보자. 바로 '인간이 수단이나 도구로 취급될 때, 우리는 벌레가 되었다고 느낀다'는 것이다.

이해하기 쉽게 우선 소외되어 내던져진 사람들을 생각해 보자.

21세기에 들어 우리 사회에는 정리 해고 문제가 커다란 사회적 쟁점이 되었다. 정리 해고란 긴박한 경영상의 '필요'가 있을 때, 경영진의 판단에 따라 고용인을 해고하는 것을 말한다. 물론 필요가 있다고 해서 맘대로 하는 것이 아니라, 해고를 피하기 위한 노력을 다해야 한다는 보완 조항도 있다.

그런데 다툼이 생겼을 경우 법률가의 도움을 받을 수 있는 경제력을 가진 측이 일방적으로 유리하다. 그래서 정리 해고 상황이 벌어지면 재력을 지닌 경영진 측의 일방적인 승리로 끝나게 되는 경우가 다반사다.

이를 다르게 표현하면 수많은 노동자는 하루아침에 실업자가 되어, 생계가 막막해질 수 있다는 것이다. 이에 항의라도 할라치면 '불법'의 올가미를 씌우거나, 심지어는 다른 회사 취업마저 가로막는 '블랙리스트' 낙인을 찍어 관리한다고 한다. 이처럼 한 번 걸려들면 빠져나올 구멍이 없다는 점에서 그레고르의 처지와 하나도 다를 바가 없다.

그 대표적인 예가 해고 이후 스무 명이 넘은 노동자의 죽음으로 이어진 (주)쌍용자동차 정리 해고 사건일 것이다.

쌍용자동차 송전탑 농성 장면. 2009년에 시작된 정리 해고 상황은 아직 해결되지 않았다.

이와 유사한 사례는 최근 국민을 분노케 했던 '갑을 관계'에서도 엿볼 수 있다. 갑(甲)과 을(乙)이라는 말은 계약을 맺는 두 당사자를 가리키는 말로 흔히 사용된다. 그러나 실생활에서는 계약의 주도권을 쥔 쪽을 갑, 상대방을 을로 표현한다.

대기업의 경우, 거래를 원하는 수많은 중소기업 중 한둘을 골라 계약을 맺으면 되기 때문에 대부분 '갑'을 넘어선 '슈퍼 갑'이 되곤 한다. 대기업은 이런 관계를 이용해서 웃돈을 요구하거나 납품 가격을 형편없이 깎아 버린다. 이런 불공평한 갑을 관계 때문에 멀쩡한 중소기업이 도산하게 되는 것이다.

당하는 사람이 항의를 하면 힘이 있는 쪽은 이렇게 말한다.

"너 아니어도 하겠다는 사람은 많아. 그러니 당장 꺼지든지, 아니면 참고 견디라고."

이런 처지를 당한 사람은 어떤 느낌일까? 마치 힘이 있는 쪽은 사람인데, 당하는 사람은 사람이 아닌 벌레 취급을 당했다고, 아니 벌레가 되었다고 느끼지 않을까?

따지고 보면 카프카가 느낀 '인간 소외'는 사실 100년이 지난 지금도 변치 않고 계속되고 있다. 이는 그만큼 해결하기 어려운 문제라는 뜻으로 해석할 수도 있다.

하지만 인간다운 실존이 위기에 처한 소외의 시대, 혼자 해결할 수 있는 것은 아무것도 없다. '지성을 갖춘 집단'의 힘을 믿고 '행동하는 양심'으로 무장한 이들이 공동의 행동을 벌여 나갈 때만, 일반 국민이나 사회적 약자에게 '벌레'의 삶을 강요했던 세력이나 집단, 제도 등을 하나하나 무너트릴 수 있기 때문이다.

변신이 가능한 스파이더맨이나 슈퍼맨이 도와주면 좋으련만, 현실에서 그들을 만나기란 불가능하다. 이럴 때 우리 자신과 뜻을 같이하는 주변 사람들을 한번 믿어 보자. 그리고 행동하자.

꽁꽁 얼어붙은 바다를 깨뜨리기 위한 도끼

마흔한 살 생일을 한 달 앞두고 세상을 떠난 카프카는 세 편의 미완성 장편을 남겼다. 그 중의 하나인 《소송》의 첫머리이다.

  "누군가 요제프 K를 모함했음이 분명하다. 나쁜 짓을 하지 않 았는데도 어느 날 아침 체포되었으니 말이다."

요제프 K가 서른 번째 생일날 아침, 아무런 이유 없이 체포되 어 이해할 수 없는 상황 속에 법정을 헤매는 기이한 줄거리에서, 일상의 삶은 이해할 수 없는 소송의 과정과 같은 것이 된다.

이처럼 카프카는 존재하지 않는 출구를 찾아 헤매는 인물들을 통해 현대 사회가 갖고 있는 실존의 문제를 끊임없이 추구해 왔 다. 그래서 그의 작품엔 늘 출구와 해답이 없다. 그래서 난해하게 느껴지는 것이리라.

몇몇 단편들을 훑어 보자. 〈판결〉에서는 노쇠한 아버지의 기에 눌려 결국 자살하고 마는 아들 게오르크가, 〈학술원에 드리는 보 고〉에는 원숭이에서 인간이 되 기까지의 과정을 학술원에 보고 하는 원숭이 '빨간 피터'가, 〈단 식 광대〉에서는 관객들 앞에서 단식을 보여 주던 중 사람들에 게 잊힌 채 쓸쓸히 최후를 맞는 광대가 등장한다.

이 작품들 역시 난해함으로 가득하고, 인물들이나 상황 역

카프카 작품의 독일어판 출간본의 표지. 왼쪽이 〈판결〉이고, 오른 쪽이 〈단식 광대〉이다.

시 어떤 출구도 없는 막막한 삶을 상징적으로 드러내고 있다는
공통점이 있다.

    멍한 눈동자에, 속옷도 입지 않는 소년이 깃털 침대에서 몸을
일으켜 내 목을 부둥켜안고는 귀에다 속삭인다.
    "선생님, 절 죽게 내버려 두세요."
    ……
    이제 이곳의 왕진도 끝났다. 이번에도 쓸데없이 고생만 했지만
그런 것쯤은 이미 익숙하다. 야간 비상종으로 지역 전체가 나를
고문하고 있으니까.

    그 누구도 돕지 못한 채 끝없이 추위 속을 헤매는 의사 이야기
를 다룬 〈시골 의사〉의 두 장면이다. 앞 장면은 눈보라를 헤치고
왕진을 갔더니, 침대에 누운 환자가 살려 달라는 게 아니라 죽게
해 달라고 부탁을 하는 장면이다. 왕진 온 의사에게 말이다.
    뒤의 장면에서는 환자들에게 속아 의사가 휘둘리는 상황이 묘
사된다. 이 또한 참으로 이해하기 어려운 장면이다. 환자도 환자
가 아니고, 의사도 전혀 의사 노릇을 하지 못한다.
    이처럼 카프카의 작품에는 존재의 의미가 철저히 부정되는 상
황, 더 이상 상식이 설 자리가 없는 장면이 끊임없이 연출된다.

    "책은 우리 안에 있는 꽁꽁 얼어붙은 바다를 깨뜨리는 도끼가
아니면 안 된다."

    카프카가 남긴 말이다.
    이런 마음으로 작품을 쓴 작가이자, 결혼이 작품 활동에 도움

카프카의 또 다른 작품들

카프카는 생전에 많은 작품을 남기지 않았다. 그저 분량이 작은 단편 소설 몇 권만 발표를 했을 뿐이다. 그가 남긴 장편 소설은 카프카가 죽은 후에 세상에 알려지게 된다. 그의 또 다른 작품에 대해 알아보자.

장편 소설 《아메리카(Amerika)》(1927)

카알 로스만이라는 소년이 아메리카 대륙을 끝없이 헤매다가 실종되고 마는 이야기이다. 카프카가 장편 소설 중에 가장 먼저 집필했으며, 노트에 적힌 채 발견된 것을 친구이자 편집자인 막스 브로트가 출간했다.

카프카 장편 소설 《아메리카》의 표지.

장편 소설 《소송(Der Prozess)》(1925)

은행에 근무하는 유능한 직장인 요제프 K는 이제 막 서른 살이 되었다. 그런데 아침에 눈을 떠 보니 죄를 저지른 기억이 없는데도 불구하고 체포되어 있다. 자신이 지은 죄가 무엇인지 모르는 것이 가장 큰 죄인 양, 마지막에 그를 찾아온 두 명의 신사는 요제프에게 심판을 내린다. 심판의 내용은 '개죽음'이다.

카프카 장편 소설 《소송》의 표지.

장편 소설 《성(城, Das Schloss)》(1926)

주인공 K는 성의 부름을 받고 왔으나, 살아 있는 동안 끝내 성 안으로 받아들여지지 않는다. 살아 있는 내내 측량사로 일했으면서도, 자신의 실존의 터는 결국 측량하지 못한다. 죽고 나서야 성으로부터 부름이 온다는 구상이었다는데, 미완성인 작품은 끝없는 기다림으로 끝이 난다.

단편 소설 〈작은 우화(Kleine Fabel)〉(1920)

막막한 불안감을 느끼며 내달리던 생쥐 한 마리가 마침내 막다른 골목에 놓인 쥐덫 앞에서 멈춰 서게 된다. 이 길이 아니라고 느끼며 돌아서려는 순간, 고양이에게 잡아먹히고 만다.

〈작은 우화〉의 원본. 매우 짧은 글이다.

이 되는지 아닌지를 고민하며 약혼과 파혼을 거듭한 작가라면, 그의 작품이 지닌 무게와 깊이, 그리고 날카로움은 우리의 얼어붙은 마음을 산산조각 내고도 남으리라는 확신이 든다.

20세기의 불안과 소외를 매혹적인 상징으로 그려 내다

프란츠 카프카는 1883년 7월 3일, 오스트리아-헝가리 제국의 도시 프라하에서 태어났다. 자수성가한 유대인 집안의 상인으로 현실적이던 아버지는 사업의 성공에만 몰두하는 사람이었다. 그래서 몽상을 좋아했던 카프카와 관계가 썩 좋지 않았다고 한다.

게다가 어머니도 아버지의 사업을 도왔기 때문에 그는 줄곧 남의 손에 의해 키워졌고, 어린 시절에 두 남동생이 목숨을 잃는 일을 겪는 등 몹시 불안정하고 우울한 유년기를 보낸다.

그는 평생 고향을 떠난 적이 별로 없었는데, 독일어를 공식 언어로 사용하는 프라하의 국립 김나지움(인문 학교)을 다니면서, 거기에서 평생을 두고 우정을 나눈 중요한 친구들을 만나게 된다. 졸업 후에는 대학에서 법학을 전공하며 틈틈이 독문학과 예술사 강의를 들었는데, 이때부터 글을 쓰기 시작했다.

법학 박사 학위를 받고 보험 회사에 들어간 카프카는 생계와 창작 사이에서 힘겨운 이중생활을 시작한다. 1908년부터 죽기 2년

카프카가 태어난 집. 현재 프라하 시내에 있다.

전인 1922년까지는 보헤미아 보험 회사에서 오전에는 법률 고문으로 근무하고, 퇴근 후엔 밤늦도록 글을 쓰는 생활을 계속했다.

워낙 소음에 민감하여 가족들이 모두 잠든 후에야 글을 썼고, "망원경으로 혜성을 살피듯 자신을 향해 매일 한 줄의 글이라도 써야 한다."고 작가로서의 자신을 채찍질했다.

그가 직장과 창작 생활을 병행하던 당시의 유럽 노동 환경은 무척 열악했다. 카프카는 노동자들에 대한 가혹한 대우를 일삼는 자본가나 공장주들, 그

카프카의 어린 시절 모습.

리고 그들을 비호하는 관료들의 무자비함을 목격하며 자본주의 사회의 내면을 속속들이 꿰뚫어 볼 수 있었다. 작품에서 볼 수 있는 개인의 소외와 무력감에 대한 깊은 통찰은 여기에 바탕을 둔 것이라 할 수 있다.

카프카는 1912년 단 하루 만에 단편 소설 〈판결〉을 집필했으며, 《실종자》(훗날 《아메리카》로 출간)와 〈변신〉을 쓰기 시작했다. 그밖에도 약혼과 파혼을 거듭한 필리체 바우어에게 약 5년간 500통이 넘는 편지와 엽서를 보냈다.

이후 카프카는 열정적으로 작품 활동을 이어 갔다. 1914년에는 〈유형지에서〉와 《소송》의 집필을 시작하고, 1915년에는 〈변신〉을 출판했으며, 이듬해에는 단편집 《시골 의사》를 탈고했다.

몸이 허약해 병역을 면제받기까지 한 그는 1917년에 폐결핵에 걸려 여러 곳으로 요양을 다니게 되었는데, 율리에 보리첵과

카프카를 세상에 알린 '배신자' 막스 브로트

카프카는 눈을 감기 직전, 주변 사람들에게 자신의 작품을 불태워 달라는 유언을 남겼다. 작품 집필에 방해가 된다는 이유로 약혼과 파혼을 반복하며 평생을 독신으로 지냈던 그가, 자신의 작품을 전부 불태우라고 했다니 믿어지지 않는다.

스스로 졸작이라고 판단을 한 것일까? 사실 대표작인 〈변신〉을 발표했을 때에도 소설이 너무 독특해서인지 처음에는 전혀 인기를 끌지 못했다. 그런 만큼 카프카는 스스로의 작품에 자신이 없었을 수도 있다. 어쨌든 카프카의 삶은 그의 작품만큼이나 불가사의했던 모양이다.

카프카의 모든 원고가 사라지는 걸 막은 건 그의 친구 막스 브로트다. 카프카와 마찬가지로 체코의 수도 프라하에서 나고 자란 독일계 유대인 작가 막스 브로트는 카프카의 유언과 정반대의 행동을 한다. 생전에 얇디얇은 단편 소설 몇 권만 발표한 카프카는 죽기 전에 쓴 장편 원고와 메모들, 그리고 초고까지 모두 소각해 달라는 유언을 남기는데, 막스는 그의 작품을 모아 출판하여 세상에 카프카를 알리기로 마음먹고 행동에 옮긴다. 친구의 유언을 지키지 않은 막스 브로트가 아니었다면, 우리는 카프카의 이름을 알지 못했을지도 모른다.

막스 브로트는 카프카의 친구이자 유언을 어기고 작품을 출간한 것으로 유명세를 탔지만, 사실 몇몇 작품을 발표해서 카프카보다 먼저 문학적 재능을 인정받은 작가였다. 또한 편집에도 능력을 발휘해 카프카의 미발표 작품들을 편집하여 간행하기도 했다. 카프카의 장편 소설 세 편 중 가장 처음으로 집필한 《아메리카》는 막스 브로트가 편집을 하면서 제목을 붙인 작품이다. 사실 카프카는 제목으로 《실종자》를 생각하고 있었다고 한다.

카프카보다 1년 늦은 1884년에 태어나 작품 활동을 하던 그는 나치의 유대인 학살을 피해 1939년 이스라엘로 망명했으며, 카프카와 그의 작품에 대해서 여러 가지 해석을 남기기도 했다.

1942년, 이스라엘 하비마 극장에서. 제일 오른쪽이 막스 브로트이다.

이스라엘 텔아비브에 있는 막스 브로트 기념 명판.

약혼과 파혼을 한데 이어 기혼녀 밀레나 에젠스카와 교류했다. 1922년에는《성》을 집필하기 시작했고, 이 듬해에는 도라 디아만트를 만나 마지막 사랑을 불태웠지만, 결국 폐결핵이 악화되어 1924년 빈 교외의 키어링 요양원에서 41세의 젊은 나이로 생을 마감했다.

프라하 시내 유대인 구역에 있는 카프카의 묘지석.

카프카는 프라하와 자신의 답답한 생활에서 벗어나고 싶어 했지만 결국 떠나지 못한 사람, 세 번이나 약혼했으나 평생 독신으로 지내다 마흔한 살 생일을 앞두고 결핵으로 죽은 사람, 문학에 유례가 없을 만큼 모든 것을 걸었으면서도 작품을 불사르라는 유언을 남긴 작가, 또한 그의 작품에 대하여 수많은 해설이 있어도 이해하기 어렵기만 한 작가였다. 그리고 이것이 바로 카프카에게 따라다니는 수많은 수식어이기도 하다.

카프카가 그린 무기력한 인물들과 그들에게 닥치는 기이한 사건들. 이는 20세기의 불안과 소외를 폭넓게 암시하는 매혹적인 상징이자, 우리 모습을 오롯이 담아낸 현대인의 초상이다.

푸 른 숲
징 검 다 리
클 래 식
0 3 6

변신

첫판 1쇄 펴낸날 2013년 8월 9일
14쇄 펴낸날 2025년 5월 12일

지은이 프란츠 카프카 **옮긴이** 장혜경
발행인 조한나
주니어 본부장 박창희
편집 박고은 정예림 강민영
디자인 전윤정 김혜은
마케팅 김인진 김은희
회계 양여진 김주연

펴낸곳 (주)도서출판 푸른숲
출판등록 2003년 12월 17일 제2003-000032호
주소 경기도 파주시 심학산로 10, 우편번호 10881
전화 031) 955-9010 **팩스** 031) 955-9009
인스타그램 @psoopjr **이메일** psoopjr@prunsoop.co.kr
홈페이지 www.prunsoop.co.kr

ⓒ 푸른숲주니어, 2013
ISBN 978-89-7184-978-1 44850
     978-89-7184-464-9 (세트)